Opération Cobra

Un roman sur la Seconde Guerre Mondiale

Richard G. Hole

Opération Cobra
Un roman sur la Seconde Guerre Mondiale

Richard G. Hole

La Seconde Guerre Mondiale

SYNOPSIS

L'opération Cobra était en cours.

Quatre divisions d'infanterie et les deuxième et troisième blindés y ont participé, toutes composées du septième corps d'armée.

Cela faisait douze jours que les Alliés avaient achevé leur débarquement en Normandie.

La tête de pont était sécurisée, mais les troupes américaines évoluaient toujours dans une étroite bande de terre, insuffisante pour contenir le flot de renforts, d'armes et de ravitaillement qui arrivait chaque jour, et il fallait l'agrandir.

La mission du septième corps d'armée était de percer le front ennemi et d'avancer rapidement vers le sud, établissant un couloir à travers lequel les unités blindées et d'infanterie pouvaient se déplacer ...

Opération Cobra est une histoire appartenant à la collection World War II, une série de romans de guerre développés pendant la Seconde Guerre Mondiale.

OPÉRATION COBRA

I

L'opération Cobra était en cours.

Quatre divisions d'infanterie et les deuxième et troisième blindés y ont participé, toutes composées du septième corps d'armée.

Cela faisait douze jours que les Alliés avaient achevé leur débarquement en Normandie.

La tête de pont était sécurisée, mais les troupes américaines évoluaient toujours dans une étroite bande de terre, insuffisante pour contenir le flot de renforts, d'armes et de ravitaillement qui arrivait chaque jour, et il fallait l'agrandir.

La mission du septième corps d'armée était de percer le front ennemi et d'avancer rapidement vers le sud, établissant un couloir à travers lequel les unités blindées et d'infanterie pouvaient se déplacer.

A son poste de commandement, le colonel Bruce Ayers, chef du 67th Armored Regiment, Second Division, attendait avec impatience.

En cinq minutes d'affilée, le téléphone ou la radio permettaient d'avoir un aperçu suffisant du déroulement des opérations.

L'aviation et l'artillerie d'accompagnement avaient déjà terminé le bombardement des positions allemandes, faiblement implantées après l'effondrement du front.

A ce moment, les quatrième, quatre-vingt-dix et trente divisions d'infanterie chargeaient en avant.

« Chacun à son poste », ordonna le colonel aux chefs de bataillon qui étaient à ses côtés.

D'innombrables chars de toutes tailles étaient cachés sous les arbres pour les protéger des attaques sporadiques de l'aviation allemande.

Les quatre commandants de groupe ont ordonné à leurs hommes d'y entrer et de démarrer les moteurs, en effectuant de courtes manœuvres pour trouver la position la plus appropriée pour l'avance.

Le colonel Ayers était toujours au poste de commandement, fumant nerveusement, devant un poste de radio posé au sol, tandis qu'il jetait un dernier coup d'œil à la carte.

Il allait devoir faire face à un ennemi dangereux, qui combattait dans le désespoir de la défaite.

Les Allemands avaient sur ce front une division de parachutistes, la Panzer Lehr, la deuxième SS Panzer Division et deux divisions d'infanterie, plus trois autres divisions de réserve à l'arrière que l'aviation alliée serait chargée d'entraver leur marche.

Ayers était un homme d'environ quarante-sept ans, grand, mince et élancé, pas tout à fait son âge.

Seuls ses cheveux, qui commençaient à décolorer aux tempes, dénonçaient qu'il n'était pas aussi jeune qu'il le paraissait à première vue.

Les yeux étaient gris, rêveurs parfois, et la mâchoire carrée exprimait la résolution.

Sans à peine s'en rendre compte, son regard continua à parcourir l'avion jusqu'à ce qu'il s'arrête à un point minuscule qui représentait une ville.

« Tessy-sur-Vire » lut-il.

En fermant les yeux, il pouvait voir la ville. Ses maisons blanches et rouges chevauchant le courant calme et verdoyant de la Vire, les bosquets de peupliers qui l'entouraient... ce verger et l'humble petite maison qui était en son centre.

« Existeraient-ils encore ? " s'est-il demandé ". Que deviendrait Marie ?

Tout était si lointain !

La communication radio coupa le fil de ses pensées, annonçant que la résistance allemande commençait à céder et que le front serait rompu à tout moment.

Ayers quitta son poste sous un gros olivier et leva les yeux au ciel. C'était le vingt-cinq juillet et celui-là semblait d'un bleu intense, sans un seul nuage.

Quatre milles plus au sud, un tonnerre interrompu grondait des cent soixante-dix canons qui l'accompagnaient, marquant la dernière résistance allemande.

Ce n'était plus qu'une question de minutes pour lancer l'attaque à son tour et de quelques jours tout au plus pour se retrouver à Tessy.

Lorsqu'il a quitté la France vingt ans plus tôt, avec le reste des troupes du général Pershing, il n'a jamais cru qu'il remettrait jamais les pieds sur cette terre.

Et voilà, non seulement cela s'était passé comme ça, mais il revenait en combattant et le théâtre de ses exploits allait être précisément le village français, resserré par la rivière, dans lequel il passait les meilleures heures de sa vie. convalescence.

Tout semblait le même qu'alors. Les façades étaient différentes. L'armement variait aussi, surtout les chars ; mais, au fond, le reste des choses restait le même et le fait fondamental était le même : les Allemands combattaient d'un côté et les Français, les Anglais et les Américains de l'autre.

Mais maintenant, Marie n'était plus là et il avait vingt-quatre ans de plus.

En cela, il y avait une grande différence.

Et aussi dans autre chose. Dans la première guerre, il était sergent. Il était maintenant colonel et commandait un régiment blindé.

Le poste radio a recommencé à appeler. Ayers se pencha sur lui pour saisir le message.

« Attention ! Attention ! 67e Régiment, allez-y. Le front est rompu.

Bruce Ayers se dégagea de ses pensées aussi facilement qu'il jeta sa cigarette au sol et sauta agilement sur le Shermann qui attendait à quelques mètres avec les moteurs en marche.

Une fois installé dans la tourelle, il donne l'ordre d'avancer et le régiment se met en route en masse.

Quatre-vingt-dix monstres d'acier se déplaçaient vers le sud à la vitesse la plus élevée de leurs moteurs, profitant des chemins étroits qui couraient entre les vergers.

Tout sur leur passage a été terriblement détruit, comme si un cyclone vorace et dévastateur était passé sur les arbres, les maisons et les murs.

Ayers, penché hors de la tourelle, radiotéléphone à la main, commandait les mouvements de ses hommes et le régiment avançait à l'unisson.

Le bruit des fusiliers pouvait à peine être entendu à un demi-mille de distance, devenant plus distinct à mesure qu'ils approchaient de la brèche.

Ils se retrouvèrent bientôt à l'endroit où les combats avaient commencé.

De nombreux soldats américains et allemands gisaient immobiles au bord des routes, dans diverses postures.

Certains d'entre eux ont montré d'énormes blessures causées par des éclats d'obus, et aucun n'a pu assister au triomphe ou à la défaite de leurs armes.

Peu après, passant Saint Gilles, un officier de liaison se tenait au milieu de la route menant à Canisy, brandissant un drapeau vert.

Ayers a ordonné au conducteur d'arrêter le char et l'officier s'est approché de lui pour le saluer.

« Colonel Ayers ? demanda-t-il.

« La même chose. Comment ça se passe ?

"Nous avons subi de nombreuses pertes", a répondu l'officier. Le Combat Command B et le Combat Group 22 sont presque hors de vue, mais nous avons réussi à combler l'écart. Ces salauds se défendent comme des démons.

« Où est la brèche ouverte ?

"De part et d'autre de la route de Cerisy de la Salle" répondit l'officier. Notre infanterie essaie de l'étendre.

"Nous y voilà.

Prenant pour axe le chemin de Cerisy et celui du Cenily, le 67th Tank Regiment accélère la marche vers le front.

De petits jardins familiaux, aux murets effondrés, passaient devant eux.

A mesure qu'ils approchaient de la ligne de front, le passage des blessés devenait plus fréquent.

Ils regardaient avec joie les immenses files de chars non sans un certain ressentiment, se demandant peut-être pourquoi ils n'avaient pas protégé leur avance.

Ayers a parfaitement noté quand il a traversé l'écart béant.

Plusieurs batteries de canons ont tiré leurs projectiles à droite et à gauche, essayant d'aider les troupes d'infanterie qui poussaient lentement les Allemands sur les côtés.

Un capitaine d'artillerie le salua gaiement à son passage.

« Allez-y ! » dit-il. L'ennemi bat en retraite. Nos canons ne les atteignent plus.

Le 67e Régiment poursuit sa progression en profitant de toutes les voies de pénétration. La ligne d'infanterie était maintenant loin derrière, effectuant des opérations de nettoyage.

Ayers savait très bien que le 66e régiment avançait déjà le long de la rivière Vibre, constituant l'autre morsure de la tenaille qui menaçait de près de nombreuses forces allemandes.

En regardant de haut en bas la route, il pouvait voir les énormes masses de Sherman se précipiter en avant, ne se souciant pas de ce qu'ils laissaient derrière eux.

Sûrement, à ce moment précis, à travers la brèche ouverte, un barrage d'hommes se précipitait, marchant derrière les chenilles des chars qui frayaient le passage.

Le grondement aigu d'un coup de canon coupa à nouveau ses rêveries.

« Un antichar ! marmonna-t-il.

Cela sonnait juste. Il a tiré des volées de trois coups et l'un des chars du régiment avait déjà été victime de ses tirs meurtriers.

Ayers écouta attentivement. Le canon tirait apparemment depuis un petit boulevard le long de la route.

À travers le microphone, il a indiqué son emplacement possible à la troisième section, dont les voitures se sont immédiatement déployées vers le centre commercial.

Le char occupé par le lieutenant De Ruse avançait hardiment, tassant l'herbe d'un pré.

En lui, Roy de Ruse scrutait l'horizon par l'étroit hublot. Un léger mouvement dans le centre commercial lui montra que son patron avait raison.

"Je profite toujours d'une vue plongeante," murmura-t-il. Dur, artilleur...

La pièce de 7,7 du char a commencé à tirer sur le boulevard.

Trois autres chars vinrent à côté du premier, le rejoignant avec leurs tirs, et le reste des chars de la Quatrième Compagnie procéda à l'encerclement du groupe d'arbres, envoyant un déluge de projectiles sur lui.

Le canon antichar a cessé de tirer. La plupart de ses serviteurs avaient été blessés ou tués.

Peu de temps après, une écharpe blanche flottait dans les airs et des groupes de soldats allemands commencèrent à émerger des arbres, les bras levés.

Roy de Ruse, avec ses hommes et les serviteurs de deux autres chars, abandonnèrent leurs machines, partant à leur rencontre avec des armes préparées, mais les Allemands semblaient très heureux d'avoir été faits prisonniers.

C'étaient pour la plupart des hommes jeunes et ils avaient certainement une trentaine d'années.

«Comment diable ont-ils trouvé la résistance? Roy a demandé à l'un d'eux en français.

— Il y avait un officier avec nous, répondit l'Allemand. On s'est replié avec un canon quand tu as cassé le front...

"C'est bon. Continue.

Un char, avec ses mitrailleuses alignées sur les prisonniers, les conduisit sur la route, jusqu'à ce qu'ils trouvent des troupes d'infanterie avançant dans des camions, les laissant à leur charge.

L'avancée s'est poursuivie pendant encore deux jours avec une progression moyenne de quinze à vingt kilomètres par jour.

Le 29 juillet, la colonne composée du 67e régiment blindé et d'un bataillon du 22e régiment d'infanterie, entame un mouvement d'enveloppement sur Villebaudon, occupant la ville aux premières heures du matin.

Un léger repos fut accordé aux forces, tandis que les troupes d'arrière-garde formaient une ligne près de la ville.

L'artillerie d'accompagnement, située à un kilomètre au-delà de Villebaudon, tire ses missiles sur les Allemands en retraite.

Les fantassins fraternisaient dans la ville avec les pétroliers et avec la population civile. L'avance avait été si rapide que la ville était à peine détruite.

Le colonel allait donner la voix de l'avance, lorsqu'une légère pause se produisit au front.

Un instant plus tard, le tonnerre des canons se fit de nouveau entendre, maintenant plus près de la ville, et les explosions de quelques grenades aux abords troublèrent la joie des soldats yankees.

« Que diable se passe-t-il ? grogna Ayers.

Il n'a pas fallu longtemps pour le découvrir. Une foule de soldats, la terreur imprimée sur leurs visages, a soudain pris d'assaut la ville.

Ayers se tenait au centre de la place, l'arme à la main.

« Que s'est-il passé ? » demanda-t-il d'une voix tonitruante au premier soldat qu'il put interroger.

"Les Allemands contre-attaquent", répond cet excité. Ils sont déjà au top. Ils sont des milliers et des milliers.

Les officiers luttaient pour contenir le recul de leurs hommes.

L'avance avait été si facile jusque-là que cette contre-attaque allemande, aussi inattendue que redoutable, les avait surpris, les faisant fuir en désordre.

Ayers a donné quelques ordres rapides et directs.

Il fallait rattraper la situation, sinon ils étaient perdus.

Les chars américains ravitaillés dans les bosquets près de la ville ont rapidement décollé de leurs postes de rassemblement, rugissant vers l'avant.

Depuis les tourelles, ses serviteurs encouragent les fantassins qu'ils rencontrent et les obligent à retourner au front, en garnison derrière leurs masses.

Ayers ordonna à l'une des compagnies d'avancer de deux cents mètres pour établir le contact avec l'ennemi.

Roy a avancé avec son char jusqu'à ce qu'il soit à un carrefour, se mettant à couvert derrière un groupe d'arbres.

Quelques minutes passèrent, lentes, angoissées, pleines d'incertitude.

Enfin un char allemand apparut devant eux. Le tireur pointa son réticule sur lui, mais Roy de Ruse ordonna :

— Attends encore un peu, Nyland.

Le char les dépassa sans les voir. La tourelle du monstre américain tourna en même temps, et Roy faillit pousser un cri de joie.

Une demi-centaine de soldats allemands s'avancèrent près du char.

La majeure partie les avait empêchés de voir l'Américain caché parmi les arbres et ils apprirent sa présence lorsque sa mitrailleuse avant se mit à crépiter d'une manière infernale.

De nombreux soldats ont été touchés par les projectiles, tombant au sol dans des postures improbables.

Au même moment, le canon a soudainement commencé à tirer sur le "Tiger" allemand.

L'agression était si inattendue que les occupants du char allemand n'eurent pas le temps de faire demi-tour pour se défendre.

Peu de temps après, son équipage a tenté de sauter à terre pour rejoindre les « fantassins » survivants qui ont marché protégés par leur armure, mais n'ont pas pu le faire, car Roy a pointé la mitrailleuse sur eux, les chassant alors qu'ils jetaient un coup d'œil hors de la tourelle.

« Retourne, Rideen », ordonna-t-il au chauffeur.

Le char fit un bond brusque en arrière, commençant à battre en retraite, en même temps que les soldats ennemis survivants, après le premier instant de surprise, déchargeaient une véritable pluie de grenades sur le monstre d'acier.

Tout au long de la journée, les combats se sont poursuivis sur un large front contre des unités allemandes renforcées par une division Panzer.

Dans le ciel, l'aviation alliée a empêché à plusieurs reprises les réserves allemandes d'entrer en contact avec les combattants, détruisant les ponts, larguant des milliers et des milliers de tonnes de bombes sur les routes et les voies ferrées.

C'était un semis mortel qui fit s'exclamer un général allemand, lorsqu'on lui demanda quel était le meilleur véhicule pour que les réserves s'approchent du front :

« Sans aucun doute, le vélo !

Tout mouvement, toute ombre de camion ou de train, était immédiatement pris pour cible par les super-bombardiers britanniques et américains, qui contribuèrent ainsi largement à la victoire.

Finalement, la résistance allemande est vaincue et tout au long du 30 la colonne poursuit lentement et sûrement sa progression, en route vers Tessy-sur-Vire, où elle doit rencontrer l'autre branche de la tenaille, menée par le 66e blindé. Régiment.

Le lendemain, le régiment se divise en trois colonnes qui commencent l'attaque de Tessy d'autant de directions, en partant du Mesnil Opac, Moyen et Villebaudon.

Alors que ses forces approchaient de la ville, Ayers laissa ses yeux glisser sur un paysage familier, qui n'était pas encore mort dans sa mémoire.

Combien de fois avait-il parcouru ces lieux avec Marie, étroitement enlacé !

Une chaumière isolée à la campagne, au bord de la route, dont les ruines étaient couvertes de mousse, lui rappelait cette nuit qu'il y avait passée, lors d'une fête qu'il ne pourrait jamais oublier.

Là, il a donné le premier baiser à Marie et là, il a juré que, quoi qu'il arrive, elle serait sa femme et l'emmènerait aux États-Unis.

Marie l'aurait sûrement attendu depuis quelques mois, voire quelques années ; jusqu'à ce que, petit à petit, ses espoirs de le revoir se soient évanouis.

Que penserait-elle de lui lorsqu'elle réaliserait qu'il l'avait laissée avec le fruit de son amour ?

Avec un soupir, Ayers essaya de repousser ces pensées. Dans quelques heures, il serait à Tessy. Il voulait, et en même temps craignait, retrouver cette femme qui lui a tout donné sans rien exiger.

« J'étais un parfait scélérat » se dit-il.

Du haut de ses quarante-sept ans, il pouvait s'insulter ainsi, sans trouver un iota d'excuse pour son comportement.

Quelle serait l'attitude de Marie lorsqu'elle le reverrait ?

Les Allemands lancent une contre-attaque féroce à douze kilomètres de Tessy. Ces hommes semblaient ignorer l'épuisement.

Ses chars, ses soldats, ses tactiques de guerre sont apparus au moment où ils s'y attendaient le moins, portant des coups terribles aux troupes américaines en marche.

Pendant treize heures, la chance resta indécise, mais, à la fin, les 2e et 116e Panzer Divisions furent repoussées.

Un petit village avant Tessy était occupé par l'Infanterie et le régiment d'Ayers se sont rassemblés dans une zone au nord de celui-ci, pour poursuivre leurs attaques le lendemain.

Le 31 juillet, les quatre bataillons du régiment attaquent en trombe.

Il avait perdu seize chars lourds et quatre légers, mais la première cible de l'opération Cobra était à portée de main.

La Vire glissait paresseusement vers l'Orne à quatre milles de l'endroit où ils campaient.

Devant eux, les fantassins construisaient à la hâte des tranchées rudimentaires. Au-delà, derrière un massif de verdure, le clocher de Tessy se dressait vers le ciel.

D'autres fois Ayers avait vu le même panorama, mais ces fois Marie était assise à côté de lui, son visage collé au sien et des colonnes de fumée s'élevaient sur la paix du soir et les coqs chantaient.

La guerre était alors très loin, vers l'Est...

II

A l'aube du premier jour d'août, Ayers mit ses chars en ordre de bataille, attaquant vigoureusement la ville, en prenant la route de Villebaudon comme axe.

Une colonne ennemie, composée d'une quarantaine de camions, avance rapidement le long de la berge, pour sortir de l'étau avant qu'elle ne se referme et est attaquée de manière inattendue par des chars américains, subissant d'énormes pertes.

A dix heures du matin les premiers chars entrèrent dans la ville, mais les Allemands, en garnison dans les maisons, leur jetèrent une pluie de grenades antichars et les deux monstres, mortellement blessés, s'arrêtèrent en chemin, bloquant le passage .

Cela montra à Ayers que l'ennemi n'était pas disposé à quitter la ville comme ça, et en effet, peu de temps après, il reçut la nouvelle que le IIIe Bataillon était isolé au sud de Tessy.

Cela ne lui a coûté aucun travail pour le libérer, avec les troupes de la 29e division, et peu de temps après, toute la colonne en masse est passée à l'attaque.

Le bruit était assourdissant.

L'artillerie divisionnaire mit ses pièces au rouge, tirant sans cesse aux abords de la ville une pluie mortelle de projectiles.

Cependant, les Allemands ne se rendirent que dans la soirée, résistant farouchement avec de l'artillerie et des chars, MK-IV et MK-V, jusqu'à ce que, enfin, décimés et battus, ils se replièrent au sud de la ville, tandis que d'autres unités traversaient la rivière. . Tour.

Au crépuscule, Ayers entra dans Tessy.

Tous les voisins étaient dans les caves et les sous-sols des maisons et personne n'apparut à la vue des soldats avant que deux heures ne se soient écoulées.

Puis ils ont commencé à sortir avec méfiance, s'approchant des troupes alliées avec la peur peinte sur leurs visages.

Les soldats yankees leur offraient du chocolat et des cigarettes, et, brisant la glace, la population civile fraternisait avec eux.

Roy de Ruse se prépare à prendre position au bord de la Vire, mais alors qu'il s'apprête à le faire, le chef de bataillon l'appelle en sa présence.

Roy s'est affronté devant lui. Le commandant Cole le regarda avec sympathie. Roy était l'un des meilleurs officiers, sinon le meilleur.

Jusqu'ici il n'avait pas eu beaucoup de chance, puisque d'autres moins méritants que lui avaient obtenu des promotions plus rapides, mais apparemment, la fortune, lassée de lui tourner le dos, daignait enfin lui sourire.

C'était un garçon de vingt-sept ans ; fort, plein de vie, aux traits réguliers, malgré la barbe de quatre jours qui lui noircit la mâchoire.

« De Ruse », dit le commandant. Vous devez vous présenter au colonel Ayers. Il a le poste de commandement dans le bâtiment de la mairie.

"Mais je dois monter la garde sur la rivière...

"Ne vous inquiétez pas. Un autre officier le fera. Allez-y tout de suite.

« Vous ne savez pas ce que vous voulez ?

"Je suppose que rien de plus. Ils ont dû retirer leur assistant du terrain.

"Blessée?

"Non. Je pense qu'il a une crise d'appendicite.

« Et tu vas me nommer ?

"Peut-être. Quoi qu'il en soit, va le voir. Il te le dira.

Roy traversa les rues de la ville en direction de l'Hôtel de Ville, plein de fantassins, assis par terre.

Les filles bourdonnaient autour d'elles, et certaines jeunes femmes françaises fraternisaient avec les Yankees d'une manière que leurs copains n'auraient pas beaucoup aimé.

Les Américains ont essayé de se faire comprendre d'eux dans un français approximatif qui aurait donné la nausée à Molière.

Des fenêtres des maisons ouvertes, de faibles lumières sortaient dans la rue, produites par les lampes à huile qui remplaçaient les lignes électriques, détruites par la bataille.

La mairie était sur la place de la ville. C'était un palais de justice moderne, situé en face de l'église.

Une fontaine bourdonnante et chantante, située au centre de la place, servait d'évier à plusieurs soldats, qui avaient ôté leurs bottes et avaient mis les pieds à l'intérieur, assis sur le parapet.

Une fille passa devant elle en riant follement, poursuivie par un soldat américain qui tentait de la séduire avec une barre chocolatée.

Il n'avait apparemment pas eu beaucoup de succès dans ses efforts, bien que le rire de la jeune femme impliquait qu'elle ne détestait pas l'attention.

" Hé, Bill ! " Cria l'un de ceux qui se sont lavé les pieds dans la fontaine. " Dépêchez-vous de la conquérir, le reste de la Division arrive.

"Cette fichue Française est plus difficile à réduire qu'une Panzer Division," répondit Bill.

Roy est entré dans le bâtiment de l'hôtel de ville, devant lequel deux soldats d'infanterie montaient la garde.

Il y avait beaucoup d'officiers dans les couloirs qui recevaient des ordres pour le lendemain. Roy a demandé où se trouvait le bureau du colonel Ayers et était peu de temps avant lui.

Les couloirs et les salles de l'Hôtel de Ville étaient bien éclairés grâce aux accumulateurs déplacés par les ingénieurs de la Division.

Roy frappa discrètement à la porte et obtint aussitôt la permission d'entrer.

Ayers était là avec deux autres officiers supérieurs examinant les pianos étalés sur deux poids, collés l'un à l'autre.

Le voyant entrer, elle s'avança vers lui en lui tendant la main.

« Content de te voir » dit-il.

Roy regarda ce visage sérieux et agréable.

Il connaissait très bien son colonel et avait pour lui une grande sympathie et un grand respect, confinant à la vénération.

Ayers était pour ses soldats plus qu'un patron, un camarade.

Un bon camarade qui se souciait comme eux dans leurs joies et leurs peines.

Elle ne l'avait jamais vu se mettre en colère ou être impoli avec un soldat, pas même lorsque les choses tournaient mal ou que beaucoup de travail l'obligeait à passer des nuits entières en blanc, ses nerfs soutenus par des tasses de café pur.

« Ne vous demandez-vous pas pourquoi je vous ai envoyé chercher ? Ayers a demandé en souriant.

« Je suppose, monsieur. Son assistant...

— D'accord, d'accord, mais ce n'est pas ça, Roy. J'ai reçu l'ordre de laisser ici un de mes officiers, en tant que commandant militaire de Tessy et de sa région, et j'ai pensé à vous.

« Pourquoi moi, monsieur ? "Protesta Roy." Je veux aller de l'avant avec le régiment.

"Ce sera l'affaire de quelques jours", a assuré le colonel. Tu nous retrouveras plus tard, Roy, ne pense pas que ta mission va être facile. Il y a beaucoup d'Allemands cachés dans les bosquets. Vous devez nettoyer toute cette zone, vous comprenez ? Une fois qu'il l'aura fait, il rejoindra le régiment partout où nous nous rencontrerons.

Roy n'a rien dit. Ayers le regarda en souriant :

« Ah, autre chose ! Je viens de proposer votre promotion à la tête de la division. Vous savez que ce que je vous propose, vous l'acceptez, afin que vous puissiez déjà vous considérer comme un capitaine.

« Je l'apprécie, monsieur.

« Tu n'es pas obligé, De Ruse. Je n'ai aucun problème à vous dire que vous êtes l'un de mes meilleurs hommes.

« Puis-je me retirer, monsieur ?

"Oui. Demain nous continuerons la marche, mais vous resterez ici. J'espère que je ne suis pas déçu. Tessy va fourmiller de soldats. Vous savez comment ils sont. Toujours acharnés au combat, il n'est pas rare qu'ils en commettent Ne soyez pas trop sévère avec eux.

"Oui Monsieur.

Il quitta la pièce, marchant dans le couloir, se demandant qui diable ils avaient fait l'assistant du colonel.

La vérité était qu'il n'aurait pas déplu à occuper ce poste.

C'était une responsabilité et en même temps il pouvait prendre part au combat, ce qu'il aimait le plus. C'était aussi une position tape-à-l'œil dans laquelle des progrès ont été réalisés rapidement.

Bien sûr, il allait être promu, ce qui n'était pas mal non plus.

Désormais, au lieu d'une section de chars, il commanderait une compagnie de quinze chars.

Pendant ce temps, le colonel et les officiers des autres unités ont continué à planifier les opérations futures. Ayers a dit :

" Messieurs. C'était la première fois qu'une division blindée était employée en tant que telle dans cette guerre. C'était aussi la première fois qu'un lien parfait entre les chars et l'aviation était réalisé. Vous connaissez déjà le système pour l'avenir. Quand il y a une cible à écraser, un char se détachera du reste en s'avançant vers elle, un officier de liaison signalera la cible à l'aide d'une grenade fumigène... et le reste appartient aux P-47.

Il s'arrêta et continua :

« Nous ne devons pas non plus nous arrêter, mais continuer, quelles que soient les pertes et les points faibles de résistance. L'infanterie qui nous suit déblayera le terrain plus tard. Nous acquérons de grandes expériences qui, correctement appliquées, raccourciront considérablement la guerre.

« Combien de victimes avons-nous subies ? "Demanda l'un des officiers...

« Selon les rapports de la division, quelque 700 personnes ont été tuées et blessées. 5 000 prisonniers ont été capturés et 1 500 corps ont été récupérés. Comme vous pouvez le voir, la proportion nous favorise extraordinairement.

Le reste de la nuit, Tessy connut la plus grande effervescence guerrière de sa vie.

Les liaisons couraient d'un endroit à l'autre portant des ordres et certaines Unités regroupaient leurs troupes, se préparant à poursuivre l'avance le lendemain dès que le commandement de la Division l'ordonnait.

Ayers dormit à peine quelques heures et, à l'aube, quitta son bureau en direction de la place.

Les soldats dormaient par terre.

D'autres, plus fortunés ou plus intelligents que leurs pairs, avaient trouvé un lit de camp dans l'une des rares maisons encore debout et presque tous s'étaient abandonnés au repos.

La paix de l'aube, rafraîchie par une brise légère, n'était troublée qu'occasionnellement par un coup de canon ou une rafale de mitrailleuse.

Quatre soldats se sont lavés dans la fontaine en silence, à moitié nus.

Quand ils virent Ayers, ils s'arrêtèrent dans leurs mouvements, indécis, mais il leur fit signe, accompagné d'un sourire et ils continuèrent leur tâche.

Les pas d'Ayers le conduisirent hors de la place, s'arrêtant devant l'auberge qu'il connaissait si bien. Serait-ce la même chose à l'intérieur ?

Jean serait sûrement très vieux maintenant et serait dirigé par son fils. Comment s'appelait-il ? Ah oui, Léon !

Il était très jeune "cinq ou six ans" quand il était à Tessy, mais il aurait grandi et serait un homme... si les Allemands ne lui avaient pas coupé la vie.

Mais la plus grande impression fut reçue par Ayers lorsqu'il quitta la ville, lorsqu'il regarda une petite maison au toit rouge qui semblait enchâssée dans le vert émeraude des champs et des avenues qui l'entouraient.

Il y a vingt-quatre ans, un jour comme celui-ci, lui-même, Bruce Ayers, sergent du Troisième Régiment d'Infanterie, regardait cette maison.

Il était alors appuyé sur une canne et avait vingt-quatre ans de moins. Puis Marie était là... et maintenant...

"Peut-être aussi" murmura-t-il.

Comment la femme réagirait-elle à son arrivée ?

Le recevrait-elle en lui rappelant sa promesse non tenue ?

Le reconnaîtriez-vous même ?

C'étaient des questions auxquelles quelques pas vers la maison pouvaient répondre, mais Bruce Ayers n'était pas pressé de se mettre en route.

Lentement, il s'assit sous un frêne, alluma une cigarette et fixa ses yeux rêveurs sur ce toit, laissant sa pensée remonter vingt-quatre ans en arrière.

C'est alors qu'il rencontre Marie...

* * *

janvier 1917 ...

Les Allemands attaquent furieusement les troupes alliées sur tous les fronts.

Mais cette offensive n'inquiéta pas trop le Haut Commandement, qui savait par ses agents secrets et rapporte que c'était le dernier coup du colosse allemand, mortellement blessé, pour tenter d'obtenir de meilleures conditions lors de la signature de l'armistice.

Les Américains, sous le commandement de Pershing, se sont défendus courageusement, donnant l'exemple aux Français vaincus et affamés et aux Britanniques adultes et froids.

Seuls les Belges se sont battus avec la même joie qu'eux, côte à côte.

La population civile, le peu de personnes restées à Arras, se précipitait pour évacuer la place, déjà à portée des canons allemands.

Sur les routes qui y menaient, les combattants, détruits, transformés en véritables haillons humains, convergeaient vers la place avec un abattement peint sur leurs visages.

Les Hulans avaient percé la première ligne de feu en s'infiltrant derrière des échelons de défense successifs.

Au galop de leurs chevaux, ils tentent d'exploiter ce succès initial en prenant position loin derrière.

« Les boches arrivent... ! Les boches ! « C'était le cri général.

Du haut d'un camion chargé de soldats et de fournitures, le sergent Ayers s'est exclamé :

« Il semble seulement que le diable arrive, Christ, comme ils ont peur !

« Ils se battent depuis quatre ans. Vous en avez marre », intervient un officier.

« Je suppose que la même chose arrivera aux Allemands.
L'officier a sifflé.

« A bas tout le monde ! Il a commandé.

Les environs d'Arras grouillaient de combattants qui se jetaient à terre, épuisés, refusant de faire un pas en avant ou en arrière, attendant passivement la mort ou le moment d'être fait prisonnier.

Plusieurs divisions de ravitaillement, dont trois régiments yankees, avaient été conduites à Arras pour contenir l'attaque allemande.

Ils partirent bientôt pour une chaîne de collines au nord et à l'est de la ville, où les ingénieurs de fortification et les soldats se précipitaient pour construire une mince ligne de tranchées pour aider à contenir l'avance allemande.

Bruce Ayers et son unité étaient bientôt là ; combattre aux côtés des Anglais, des Français et des Belges ; certains sont arrivés avec eux et d'autres des forces en retraite qui avaient réagi à l'arrivée de renforts.

Un double fil de fer barbelé protégeait les tranchées mais celles-ci étaient peu profondes.

Ayers ordonna à ses hommes de continuer, de les fouiller alors que plusieurs sentinelles scrutaient l'horizon, essayant de repérer l'arrivée de l'ennemi.

Les soldats se sont mis au travail avec très peu d'envie de travailler.

Le fantassin, roi du combat, éprouve un mépris invétéré pour creuser des tranchées, estimant que cela abaisse son statut de combattant.

Bien que les Yankees aient déjà expérimenté à quel point il était pratique d'avoir une bonne protection du sol, ils étaient toujours les ennemis du creusement de tranchées.

— C'est à ça que servent les fortifications, grommela Ghuty, le Texan. Quand il est temps de se battre...

"Quand le moment sera venu de se battre, ils saisiront un fusil si nécessaire", a répondu Ayers.

C'était un jeune homme de vingt-trois ans, trapu, dans les affres de sa vie.

— Eh bien, ce que j'ai dit est dit, répondit le Texan avec l'entêtement des hommes de son État.

"D'accord, mec," répondit Ayers. Donnez-moi la pelle, je travaillerai pour vous.

Le Texan s'est levé.

« Êtes-vous sérieux, sergent ? "Je demande.

« Oui, viens la pelle.

"Non. Ce n'est pas précis" répondit le soldat. Cet exercice me convient vraiment.

Ayers sourit. Il savait bien traiter ses soldats.

L'un d'eux, un gros qui transpirait abondamment malgré le froid, s'arrêta un instant de travailler pour nouer les pansements sur ses jambes et s'immisça dans la conversation.

"C'est ce qui me rend malade de certains gars" dit-il en regardant le Texan. Ils passent leur vie à creuser la terre de leur peuple et puis ils deviennent tatillons "il a fait un geste efféminé et a ajouté" : je creuse

? Sans parler de ça, sergent. Ne sais-tu pas que je suis né entre de bonnes couches ? Creuser, moi ? Ce serait bien! "Changement de ton ajouta-t-il" : Et puis quoi ? Eh bien, il s'avère qu'ils ont passé leur vie à creuser des pommes de terre, comme cela arrive aux Texans.

Il le regarda avec des yeux meurtriers et répondit :

« Putain de gros ! Le jour où je pourrai ramasser tes petits morceaux sera le plus heureux de ma vie.

« De ta sale vie, tu veux dire...

"Eh bien. Maintenant c'est OK. Allez. Cette tranchée doit être approfondie", a déclaré Ayers en essayant d'éviter la dispute.

Tout au long de la journée, les soldats se sont appliqués à la tâche et en milieu d'après-midi, les tranchées ont été laissées à la satisfaction des chefs d'unité, qui ont ordonné le reste.

« Il me semble que les Allemands n'attaqueront pas aujourd'hui », dit le gros.

A ce moment, une des patrouilles qui étaient sorties en exploration pour établir le contact avec l'ennemi, revint avec la nouvelle que l'ennemi avançait sur un large front vers les collines défendues par Arras.

"Comme je suppose que cela aurait été inestimable", marmonna le Texan.

Les combattants prirent leurs positions. Les avions alliés ont traversé le ciel avec un horrible tonnerre de moteurs.

"Wow, ces gars-là", a déclaré l'un d'eux. Je ne sais pas comment ils osent voler !

Peu de temps après, les avions manœuvraient au-dessus des troupes allemandes en marche, larguant sur elles des bombes presque inoffensives.

A cette époque la technique du bombardement aérien n'était pas encore au point et la plupart du temps elle se faisait en lançant les bombes à la main par le pilote ou l'observateur, avec pour résultat de coopérer dans une large mesure au bruit de la bataille sans toutes pratiques.

Dès que les avions se sont éloignés, l'artillerie est de nouveau en action.

Les grenades de gros calibre explosèrent dans les rangs des Allemands qui grouillaient déjà tout près des collines, leur faisant de nombreuses victimes, ce qui ne les empêcha pas d'avancer.

À son tour, l'artillerie allemande a commencé à bombarder les collines, établissant un rideau de feu, protégé par lequel l'infanterie a réussi à se positionner à trois cents mètres des positions alliées.

Une grenade a explosé à deux mètres de la tranchée, y projetant une pluie de terre, qui est entrée dans leurs yeux, leur bouche et entre leurs vêtements et leur chair.

"C'est la première fois que je mange de la terre" dit le gros homme en fronçant les sourcils, crachant de la boue.

Comme les autres, son visage était presque noir à cause des éclaboussures de boue et de limon.

Soudain, l'artillerie cessa de gronder et il s'ensuivit un court intervalle de silence qui, bien que non absolu, contrastait fortement avec le bruit antérieur.

Attention maintenant, les gars ! "La voix d'Ayers a tonné." Ils ne tarderont pas à venir... Les voilà !

Les Allemands se lancent en masse contre les positions alliées, au mépris réel de leur vie.

Peut-être croyaient-ils que l'action de l'artillerie avait annulé l'esprit de résistance de leurs défenseurs ; mais ils trouvèrent la terrible réalité d'un immense incendie qui pleuvait sur eux de toutes parts.

Le crépitement des mitrailleuses se mêlait aux tirs de fusils et aux explosions de grenades à main et de mortier.

Certains Allemands ont réussi à atteindre le fil de fer barbelé en essayant de le franchir, mais ils sont restés là, touchés par des dizaines de coups de feu gisant au sol ou suspendus au fil de fer barbelé, comme de tragiques poupées sans vie.

Une heure plus tard, alors que le soleil s'éloignait du sol, comme horrifiés par le carnage auquel il assistait, les Allemands cessèrent leur attaque et se replièrent en une troupe confuse.

Les Américains ont commencé à applaudir et à applaudir avec enthousiasme.

Certains d'entre eux ont fait comme pour sauter hors de la tranchée pour se lancer à leur poursuite, mais les barbelés ont gêné leur objectif.

"Quelle raclée ! " s'est exclamé un soldat. " Ils ne veulent certainement pas revenir en arrière.

« Vous le pensez, mais vous vous trompez », le découragea le sergent. Cela n'a été qu'un essai de positions, mais, demain, ils reviendront à la charge avec des chars.

Les soldats le regardèrent avec inquiétude.

« Tu crois ? demanda le gros.

"Naturellement. Mais n'ayez crainte, mon garçon. Nous les rejetterons comme nous le faisons maintenant... J'ai mis au point une procédure... Bien sûr, il y aura un peu de travail à faire ce soir, mais cela en vaut la peine. Je Je vais voir le capitaine.

Cinq minutes plus tard, son supérieur écoutait attentivement Ayers, qui lui expliquait l'idée qu'il avait eue pour repousser les attaques des chars et à la fin il s'exclama :

« Génial, sergent ! Vous avez carte blanche dans le secteur occupé par l'entreprise. Si tout se passe bien, les autres unités adopteront bientôt le système.

III

Les Allemands attaquèrent à nouveau dès que l'aube se leva le lendemain.

Et le pire était que le sergent Ayers avait raison de penser qu'ils le feraient protégés par des chars pour détruire les barbelés sans exposer inutilement la vie des soldats.

Le front des Yankees se plissa en regardant les masses de monstres d'acier se déplacer paresseusement vers eux, gênés par la boue visqueuse qui recouvrait la terre, mais avec une assurance et une stabilité sinistres et menaçantes.

Certains des soldats n'avaient pas encore subi une attaque de char et ont commencé à montrer de la peur, se léchant les lèvres desséchées, avalant et même explosant dans des cris de panique.

"N'ayez crainte, les gars", a déclaré un vétéran. Le sergent Ayers est à l'avant. Cela ne leur permettra pas d'arriver ici.

Derrière chaque char marchait une vingtaine d'hommes protégés par le monstre d'acier.

Ces soldats, qui méprisaient sa vie, étaient alors plus dangereux que les chars eux-mêmes.

En fait, le blindage des chars n'était pas bien étudié, leurs moteurs n'étaient pas très puissants et l'artillerie qui les accompagnait, et même les mortiers à canon positionné horizontalement, s'entendaient à merveille avec eux.

Mais sa protection permettait aux soldats qui marchaient derrière eux d'atteindre les mêmes tranchées ennemies et d'y sauter en lançant des bombes à main ou en combattant au couteau.

Il s'agissait de soldats suicides qui périrent généralement au combat.

Mais leur héroïsme signifiait que la masse des assaillants pouvait sauter dans les tranchées, tandis que les défenseurs de ceux-ci se battaient contre eux.

Les Allemands furent les premiers à employer cette tactique, contre laquelle l'intuition guerrière d'Ayers venait de trouver le remède.

Les chars approchaient lentement.

Ils étaient déjà à cent mètres des tranchées américaines lorsque les canons de 77 commencèrent à tirer sur eux.

Les soldats qui se sont cachés derrière leurs masses peintes en gris, ont essayé de se détourner des incendies sur le flanc.

Accroupis dans de petits trous cachés dans le sol, Ayers et une douzaine d'autres soldats les laissèrent passer, ne larguant aucune bombe sous leurs moteurs.

L'un des chars est passé si près du trou occupé par le sergent et un autre soldat avec une mitrailleuse qu'il a failli les écraser.

Soudain, Ayers leva la tête, jetant de côté les planches couvertes de terre qui cachaient le trou qu'elles occupaient, et commença à tirer avec la petite mitrailleuse sur le bord, alignée sur les Allemands marchant derrière les chars.

Les machines mortelles déroulèrent leur chapelet de mort.

Ils étaient une demi-douzaine stationnés sur un front de trois cents mètres qui tiraient rapidement sur les Allemands qui marchaient derrière eux, bien inconscients du danger qu'ils laissaient derrière eux.

Les projectiles ont frappé les soldats sans méfiance, dont la plupart sont tombés sans vie au sol.

Seuls quelques-uns ont réussi à se sauver, se jetant parmi leurs camarades blessés.

Les chars, sans que leurs occupants s'en aperçoivent, poursuivent seuls leur avance vers les positions yankees, d'où s'élève un cri de joie lorsqu'ils voient que l'idée d'Ayers a porté ses fruits.

Trois ou quatre d'entre eux ont réussi à atteindre les barbelés, les écrasant de leur masse.

Ses occupants ont tordu leurs visages dans la stupéfaction ; se demandant ce qui s'était passé, quand pas un seul soldat ne s'était précipité à travers les brèches.

Pourtant, Ayers n'avait rien prévu, ou du moins n'avait pas trouvé de solution.

Un cri de sa partenaire eut le mérite de lui arracher le sourire des lèvres.

« Regardez, sergent !

La deuxième avalanche allemande était déclenchée.

C'étaient des milliers et des milliers de soldats dans leurs uniformes verts, glissant rapidement vers les tranchées américaines. Apparemment, ils avaient réalisé ce qui s'était passé et attaquaient comme des possédés.

Ayers a retourné la mitrailleuse et les occupants des trous voisins ont emboîté le pas.

Les Allemands étaient déjà en tête. La machine a encore vomi du feu.

Ayers appuya sur la gâchette avec une fureur terrible. Deux Allemands, qui s'élevaient de terre à côté du trou, tombèrent en boule si près que le sergent put entrevoir leurs gestes de douleur et d'étonnement.

Mais l'avalanche était imparable.

Les mitrailleuses firent une coupure mortelle dans les rangs serrés de l'ennemi, sans pouvoir l'arrêter et ce danger fut rejoint par un autre.

Soudain, les deux hommes entendirent derrière eux le rugissement rauque des moteurs d'un des chars et se retournèrent à temps pour voir le monstre métallique s'avancer vers eux, telle une bête diabolique, en même temps qu'il tirait ses mitrailleuses.

« Ça va nous écraser ! cria Ayers. Sortir du!

Ce faisant, il regarda du coin de l'œil son compagnon tomber par-dessus le bord du trou, touché par les projectiles tirés du char.

Ayers roula sur le côté et le monstre le dépassa, enfonçant son museau dans le trou qu'il venait de laisser.

Un cri déchirant de son malheureux compagnon alors qu'il était écrasé par le tank lui glaça le sang dans les veines.

Ayers tenta de ramper vers les tranchées yankees, d'où ses compagnons sautaient à ce moment-là, se précipitant à la rencontre de l'ennemi à travers les trous faits par les chars dans les barbelés.

Soudain, il remarqua une brûlure au côté gauche, suivie d'une autre non moins douloureuse à la cuisse du même côté.

Une sorte de voile noir a été abaissé par quelqu'un devant ses yeux et il a sombré dans l'inconscience sans pouvoir rien faire pour l'empêcher.

Son visage tomba dans une flaque d'eau sale et malodorante, mais Ayers ne le remarqua plus.

À son réveil, une lumière aveuglante a frappé ses yeux, l'obligeant à les refermer.

Bien qu'il ne puisse pas tourner la tête, des voix confuses parvinrent à ses oreilles, mais il ne put comprendre ce qu'elles disaient.

Il lui semblait qu'il flottait sur un nuage sans forme ni consistance.

Une étrange silhouette se pencha sur lui. Il ne pouvait voir que ses yeux et une partie de son visage. Le dos était caché par un masque blanc.

« Il s'est réveillé », dit-il. Anesthésie.

Quelque chose de noir s'approcha de son visage, il sentit une odeur étrange et que l'air manquait, et il se débattit désespérément, vérifiant que ses mains étaient liées quelque part.

Pris d'anxiété, il prit une profonde inspiration, mais l'air n'atteignit pas ses poumons. Au lieu de cela, une douce somnolence l'envahit, qui s'est rapidement transformée en un sommeil profond.

"Prêt" dit l'anesthésiste.

Le scalpel a fait des rainures sanglantes et étudiées dans la chair du sergent Ayers.

Ce furent deux heures d'opération épouvantable, mais à la fin, le chirurgien enleva son masque, souriant de satisfaction.

« Qu'en penses-tu, Morrow ? demanda-t-il à son assistant.

"Je pense qu'il vivra," dit ceci.

Quand Ayers s'est de nouveau réveillé, il était dans un hôpital de Paris où il est resté vingt jours,

Enfin, un matin, le médecin qui lui rendit visite lui fit face en souriant.

D'accord, sergent. Vous êtes maintenant hors de danger. Maintenant, nous vous enverrons ailleurs pour votre convalescence. C'est ainsi qu'il est arrivé à Tessy.

Aux abords de la ville, cinq casernes gaies avaient été construites, dans lesquelles quelque trois cents blessés étaient en convalescence, parfaitement soignés par des infirmières militaires.

Beaucoup d'entre eux étaient handicapés et d'autres ne reverraient plus jamais les visages de leurs proches.

Ayers était gêné de n'avoir qu'une cicatrice rougie encore sur le côté gauche et de devoir utiliser une canne pour le soutenir.

Au début, il n'était autorisé à errer que sur le terrain étroit autour de la caserne.

Non pas parce qu'ils n'ont pas laissé les soldats en sortir, mais parce que ce n'était pas pratique pour lui de faire beaucoup d'exercice, mais après quelques séances de massage sur sa cuisse, le médecin l'a autorisé à sortir, bien qu'il l'ait prévenu :

« N'allez pas trop loin, sergent. La fracture est consolidée mais, même ainsi, il ne faut pas en abuser.

Ayers a quitté la caserne ce matin-là.

C'était le mois de mai et il faisait assez chaud. Les oiseaux chantaient dans la tonnelle et la guerre était loin.

Bruce marchait lentement appuyé sur sa canne, abreuvant ses sens des chants de la nature, après avoir affronté les ténèbres de la mort.

Le chemin de Villebaudon s'étendait devant lui, lisse comme la paume de sa main et ombragé d'acacias.

À environ un demi-kilomètre de la ville, il a vu un toit qui dépassait légèrement de la mer de végétation qui l'entourait.

Ayers contempla la vue depuis le même endroit où il était maintenant, de moins de trois ans, peut-être issu d'une progéniture de l'autre.

Sa cigarette s'éteignit et le colonel en alluma une autre, suivant sa pensée.

Il se souvint qu'en regardant la maison, il réalisa qu'il avait soif et s'avança vers elle.

Il était à mi-chemin lorsqu'un chien sortit de la végétation, se précipitant vers lui en aboyant bruyamment, suivi d'une fille qui l'appelait bruyamment.

Ayers s'arrêta avec un froncement de sourcils quand il vit que le chien était un énorme dogue, se déplaçant vers lui avec la vitesse d'une voiture de course.

Levant les yeux, il vit le visage rouge de la fille et leva son bâton prêt à se défendre.

Voyant son attitude déterminée, le chien s'arrêta à quatre pas, montrant ses dents, en même temps qu'un bruit menaçant sortait de ses mâchoires béantes.

Il sembla à Ayers qu'elle faisait un bond vers lui et elle recula de deux pas, jetant le bâton sur la tête du chien.

L'animal a sauté et Ayers est tombé en avant, ressentant une vive douleur à la jambe blessée.

La jeune fille vint à ses côtés juste le temps d'empêcher le dogue de lui sauter dessus.

"Silencieux", Néron ! Encore! Il s'est excalmé.

D'une main ferme, il tenait le chien par le collier. La force de l'animal était énorme et il a entraîné la fille malgré ses efforts.

Enfin, elle parvint à s'affirmer, tandis que Bruce Ayers se remit sur pied et lança un regard noir au chien.

A-t-il été blessé ? La fille a demandé.

Sa voix était claire et musicale. Ayers avait une connaissance suffisante du français pour tenir une conversation avec quelque difficulté, et il répondit :

« Non, merci de votre venue, mademoiselle. Sinon, ce chien...

"Je ne lui aurais rien fait", a-t-elle assuré. On lui apprend à attraper les voleurs. Il les jette au sol et pose ses pattes dessus sans les mordre.

"Merci pour la distinction," répondit Ayers avec ironie.

« Oh, je ne voulais pas t'offenser ! "Assura le petit Français en rougissant légèrement.

Ayers réalisa qu'elle était très belle.

Non, beau, non. Intéressant, plutôt. C'était ce que c'était.

Ses yeux étaient immenses, bleus, ombragés de longs cils, animant un visage pâle, qui était un ovale assez allongé, plein de vivacité.

Le nez était droit ; ses cheveux blonds tombaient en cascade scintillante sur ses épaules, que le large décolleté de son chemisier révélait.

La taille était courte. Le buste parfait et retentissant se déplaçait toujours rapidement à cause de la fille qui courait derrière le chien.

« Vivez-vous là-bas ? demanda Ayers.

"Oui" il remplaça celui-ci. Veut venir ? Mes parents seront très heureux de vous rencontrer.

Ayers hocha la tête avec un sourire et les deux se dirigèrent vers la maison.

La main droite de l'Américain reposait sur le bras délicat et court de la jeune fille, qui marchait à côté de lui. Il avait de longues jambes galbées et un petit pied, chaussé de curieux mocassins en cuir.

A côté de lui, le chien, après le premier moment de fureur, marchait la tête baissée.

Le long d'un chemin bordé de haies, aux fleurs débordantes, ils arrivèrent enfin à la maison.

Elle était large et devant elle était une petite esplanade couverte d'un treillis sous lequel il y avait une table rustique entourée de tabourets.

« Asseyez-vous. Je vais retrouver mon père.

Ayers obéit et le chien se coucha par terre à ses pieds.

La jeune femme revint avec une carafe de vin et des verres qu'elle posa sur la table.

Puis il s'assit à côté d'Ayers, qui se relayait lentement, les bras sur la table.

« Êtes-vous américain ? demanda-t-elle en le regardant dans les yeux.

"Oui" répondit Ayers. Quel est ton nom?

« Marie... Marie Rimer. Et toi?

"Bruce Ayers.

"Blessée?

"Oui. Maintenant je suis en convalescence à Tessy.

"Aime?

"Beaucoup de. Et maintenant plus.

Marie accepta le compliment avec le sourire.

Ayers soupira profondément.

En ce lieu, dans le calme du midi et avec une telle femme à ses côtés, la guerre lui semblait quelque chose de fantastique et de lointain qui n'avait aucune raison d'être.

Et pourtant, tandis qu'il parlait placidement avec la jolie petite française, ses compagnons se sont battus, sont morts et ont tué à plusieurs kilomètres de là.

A quoi penses-tu? Elle lui a demandé.

« À la guerre. C'est odieux.

Marie était sur le point de lui répondre lorsque ses parents se sont présentés.

C'était un grand homme fort comme un chêne et on ne comprenait pas comment il avait épousé cette femme, petite et maigre, chez qui ce qui était le plus frappant était la vivacité de ses yeux.

Ne le voulant pas, il devait rester manger avec eux et ils le servaient comme un roi.

A la fin, satisfait, il s'adossa au mur, sentant la torpeur lui fermer les yeux.

"Je ne comprends pas comment ils disent que la nourriture est rare en France", a-t-il déclaré. Cela a été un banquet digne d'un roi.

— Tout le monde ne peut pas le faire, malheureusement, répondit Marcel en fumant la cigarette qu'Ayers lui avait offerte. Notre jardin est grand et nous élevons également quelques animaux. Nous devons être prudents. Ils nous les volent tous. C'est pourquoi nous avons "Néron". A la place du tabac...

Il fit un geste voulant exprimer qu'il n'en avait pas assez et Ayers poussa vers lui le reste du paquet, presque tout.

L'après-midi se passa dans un vol et, alors que le soleil se couchait à l'horizon, Marie l'accompagna jusqu'à l'entrée de la ville.

Il y avait beaucoup de soldats marchant le long de la route et plus d'un sifflement admiratif s'échappa des lèvres quand ils virent la jeune fille. L'un d'eux s'est exclamé :

« Heureusement, hein sergent ?

"Je ne peux pas me plaindre, gamin", a répondu Ayers. Marie sourit. Ses lèvres étaient fines et bien dessinées. Un léger soupçon de rouge les rendait plus attrayantes, chatoyant en contraste mignon avec ses yeux bleus et ses cheveux blonds.

Il faisait presque nuit lorsqu'ils atteignirent l'entrée du camp.

Un arbre voisin leur a prêté un gros tronc de pain sur lequel, appuyés, ils ont pu passer les dernières minutes de cette journée inoubliable.

Un rayon de lune filtrait à travers les branches, se brisant sur le visage légèrement pâle de la jeune fille.

Ayers la regarda, sentant son rythme cardiaque s'accélérer. Elle a souri d'un air invitant.

« Marie » marmonna l'Américain.

Le sourire de la Française s'élargit.

Ayers réalisa que c'était le sourire « viens ici » et se pencha légèrement sur elle, la serrant autour de la taille pour savourer le miel sur ses lèvres, doux comme du velours.

C'était un baiser long, doux, enivrant, un baiser comme seule une française amoureuse pouvait en donner : un baiser qui laisserait une marque indélébile dans l'âme du sergent Bruce.

Marie s'est soudain détachée de ses bras.

"A demain" dit-il.

Et il s'enfuit dans le noir.

Ayers fixa l'endroit où la nuit l'avait englouti depuis longtemps.

Puis il soupira et entra dans le camp et se rendit à son dortoir, où il s'étendit sur le lit.

Ses compagnons le regardèrent d'un air moqueur. Enfin l'un d'eux dit :

« Hé, ne peux-tu pas quitter le plafond des yeux un instant et nous dire qui est cette fille merveilleuse qui était avec toi ?

Ayers le regarda en souriant.

"Elle est adorable," répondit-il.

« Je n'en doute pas, mais dis-moi, où l'as-tu trouvé ? Avez-vous une soeur similaire? Si oui, pouvez-vous m'emmener...

« Laissez-moi tranquille, moscon.

Le lendemain, il retourna chez Marie.

Ensemble, ils descendirent jusqu'à la Vire, dont les eaux coulaient doucement vers l'Orne.

Liés à la taille, ils se regardèrent avant de s'enfoncer dans ses eaux tièdes.

Marie était une nageuse accomplie, et Ayers n'était pas trop mal dans ce domaine, même si sa jambe la dérangeait pas mal.

Quand ils sortirent de l'eau, avec quelques gouttes encore collées à leur peau, ils s'étendirent sur l'herbe, laissant le soleil finir de sécher leurs corps.

Ayers tendit la main pour prendre celle de la fille et lui chuchota à l'oreille :

"Marie, je t'aime.

Elle sourit tristement et dit :

"Ne le crois pas, Bruce. C'est une illusion pour le moment. Quand tu partiras, tu m'oublieras.

« Je ne pourrai jamais t'oublier. Nous nous marierons avant mon départ ou je reviendrai te trouver après.

"Bruce...

Les lèvres de Marie étaient tentantes. Ayers ne manqua pas l'invitation et leurs bouches se joignirent en un long baiser.

IV

Des jours de grand bonheur s'ensuivirent, pendant lesquels ils étaient toujours ensemble, profitant de leur affection et de leur jeunesse.

Marie organisa des excursions dans les environs et aucun d'eux ne se souvint, ils ne voulaient pas se rappeler, plutôt, que cela devrait finir un jour.

Des jours, des semaines et jusqu'à deux mois passèrent à une vitesse vertigineuse pour les deux amoureux.

Enfin, un jour, le père de Marie annonça d'une voix solennelle que la guerre allait se terminer.

"Qui vous a dit? Ayers a demandé.

« Les blessés qui sont venus hier. Ils disent que les Allemands sont dans les derniers. Le bruit court sur les fronts qu'ils vont demander l'armistice.

C'était la même histoire tant de fois, pensa Ayers.

Mais cette fois, il avait tort. La nouvelle d'un armistice se fait de plus en plus insistante et enfin la rumeur devient réalité dans les journaux.

Quelques jours plus tard, il a été signé à Copiegne.

La population française a débordé de joie à travers les rues et les places, dans une explosion de joie irrépressible à la fin de ce massacre de trois ans.

A Tessy, elle n'était pas moins célébrée qu'en d'autres lieux.

Les soldats en convalescence fraternisaient avec la population civile.

Les deux amants assistèrent à cette explosion de joie avec des visages attristés.

Finalement, ils ne pouvaient pas le supporter, ils cherchaient la solitude au bord de la Vire, assis au bord du rivage.

"Maintenant tu vas y aller, Bruce" dit Marie, retenant une larme.

"Oui," répondit-il distraitement. C'est le plus probable; mais je reviendrai, je vous assure.

Son imagination était maintenant de l'autre côté de l'Atlantique, dans un endroit du Kansas où une mère aimante et une autre femme, dont Marie ignorait l'existence, attendaient son retour.

La petite française se mit soudain à pleurer. Ayers, ému, l'attira à lui, la serrant contre sa poitrine.

« Ne pleure pas, Marie. Je reviendrai te chercher.

« Reviens bientôt, Bruce. J'en ai besoin.

Quelque chose dans ses paroles força le sergent yankee à la séparer de sa poitrine avec un froncement de sourcils.

Les yeux de Marie, voilés de larmes, n'étaient pas fixés sur les siens, mais étaient à terre, n'osant pas regarder son visage.

« Que veux-tu dire, Marie ? Peut-être ?...

"Oui" murmura-t-elle d'une petite voix.

Bruce était abasourdi. La nouvelle paralysa toutes les sensations et sa capacité à réfléchir pendant quelques secondes et il commença à regarder la fille d'une nouvelle manière.

Marie était belle...

Cela n'était même pas à mettre en doute, mais c'était, après tout, une paysanne française.

Comment l'accueilleraient-ils dans leur maison s'il l'épousait ?

Pas très bien, sûrement. Son mariage avec Gladys avait été convenu depuis de nombreuses années auparavant et toute la ville attendait son retour pour qu'il se marie.

« J'ai de gros ennuis », pensa-t-il.

Il n'aimait pas quitter Marie.

Il éprouvait pour elle une affection sincère, mais de là à l'épouser...

C'était une chose à laquelle il n'avait même pas pensé.

Les yeux de la fille tombèrent sur les siens, comme pour essayer de lire ses pensées. Ayers sourit avec la plus grande nonchalance et put s'exclamer, avec un certain accent de conviction :

« Mais, Marie... Vous m'avez laissé sans voix de surprise. Nous allons avoir un enfant ! C'est super.

"Oui, mais tu vas partir" répondit-elle, regardant les choses du côté pratique.

"Je reviens tout de suite. Demain je me renseignerai bien...

" A propos de quoi ? " Elle l'a interrompu. " Bruce, reste en France. Tu m'as promis de m'épouser...

Il se gratta la tête, perplexe.

"Oui..." répondit-il à contrecœur. Je le sais déjà. Et je le ferai, Marie. N'hésite pas. Mais comme vous l'aurez compris, je dois retourner dans mon pays natal, y arranger beaucoup de choses qui... eh bien. Je jure que je reviens tout de suite.

Marie était satisfaite. Quel autre remède avait-il ?

Et un bon jour, un mauvais jour, ou plutôt, les larmes aux yeux, il vit la caserne se soulever et les convalescents embarquer dans quelques camions qui les conduiraient au Havre pour embarquer pour les États-Unis.

Son père était à côté d'elle, bien inconscient du drame que vivait sa fille.

Le cœur de la fille battait amèrement, pensant que Bruce ne reviendrait jamais, mais elle n'osait pas le dire à l'Américain.

Finalement, ce fut à son tour de monter dans l'un des camions.

— Au revoir, Marie, dit-il d'une voix rauque en se tournant vers elle. Je reviens dès que je peux.

Il la serra fort dans ses bras, éprouvant de la pitié pour elle, emporté par l'émotion du moment.

Marie est restée en France portant dans son ventre un enfant qui leur appartenait à tous les deux.

Ayers a juré mentalement de rompre son engagement envers Gladys et de retourner en France pour s'accomplir en tant qu'homme avec la femme qui avait réussi à rendre clairs et lumineux les jours de désespoir et d'ennui qui s'annonçaient à l'horizon de sa vie de convalescent.

Puis il serra fermement la main de son père, embrassa sa mère sur le front et monta dans le camion.

La dernière vision qu'il eut de Marie était un visage embelli par les larmes et son corps qui allait bientôt perdre sa minceur.

Lorsque le camion s'est perdu sur la route, Marie est rentrée chez elle, le cœur saisi par le noir sentiment qu'elle ne reverrait plus jamais Bruce Ayers.

Pendant plus de vingt ans, le destin a réalisé son sombre pressentiment, mais soudain il a semblé changer d'avis, déterminant que les deux se rencontreraient à nouveau.

Ayers, avec un soupir, jeta sa cigarette et se dirigea vers la maison.

Un instant, il s'arrêta indécis à l'entrée du sentier.

Une silhouette féminine s'avançait vers lui et au premier coup d'œil il crut que c'était Marie.

Bientôt, cependant, il fut convaincu qu'il avait tort.

La femme qui marchait dans la direction opposée à la sienne était une vieille femme inconnue de lui, qui le regardait curieusement en passant.

Il n'a rencontré personne jusqu'à ce qu'il ait atteint la maison. Le paysage avait subi quelques changements, mais il restait essentiellement le même que vingt-quatre ans auparavant.

Ayers regarda autour de lui. Une voix qui résonna derrière lui le tira de ses rêveries :

Vous cherchez quelqu'un ?

Le colonel se retourna. Encadré par la porte, un homme d'un certain âge le regardait avec curiosité.

"Oui" répondit le Yankee. À une femme nommée Marie.

" Marie ? " A demandé à l'autre. " Je ne sais pas qui c'est... Personne ne s'appelle ainsi n'habite ici. Tu ne te trompes pas ?

" Non. Je ne le suis pas, " a dit Ayers. " Elle a vécu ici... il y a vingt-quatre ans.

Son interlocuteur secoua la tête avec sympathie.

" Ah ! " répondit-il. " Ce doit être la fille de Marcel, non ?

"Exactement. Qu'est-ce qui vient de cette famille ? demanda Ayers anxieusement.

"Marcel est mort", répondit l'homme. Et sa femme aussi.

« Et Marie ?

« Il s'est bien marié.

« Êtes-vous en train de dire que... vous vous êtes marié ?

"Oui. Il avait une fille... ou peut-être que c'était un garçon. Je ne suis pas tout à fait sûr. On dit qu'il était le fils d'un Américain qui était à Tessy en convalescence de blessures pendant l'autre guerre", a ajouté le fermier. Eh bien, le fait est qu'un homme est apparu qui ne s'en souciait pas.

"Est-ce que tu sais où c'est?

« Non. Elle a vendu la ferme à un homme à qui je l'ai achetée six ans plus tard. Je ne connaissais pas Marie, mais je pense qu'elle était très belle.

"Oui, ça l'était," répondit Ayers d'un air pensif et l'homme le regarda avec étonnement.

« La connaissiez-vous ? demanda-t-il intrigué.

Ayers n'a pas satisfait sa curiosité.

Au lieu de cela, il dit au revoir à l'homme avec un bonjour plutôt sec, et s'éloigna le long du chemin, suivi par le regard de l'autre.

Ayers avança vers Tessy plongé dans ses pensées.

Marie s'était mariée.

Il était content que la jeune fille ait trouvé le bonheur à côté d'un autre qui était bien plus homme que lui, en réparant les dégâts qu'un certain Ayers, sergent de l'armée américaine, avait causé. Mais... l'avait-il vraiment trouvée ?

En tout cas, le ciel avait accordé à Marie cette réparation.

« Ciel, pas toi », a dit une voix intérieure. » Tu étais un lâche.

Oui. C'était un lâche, n'osant pas rompre avec le passé, avec Gladys, avec tout le monde et rentrer en France, où Marie l'attendait sans espoir, avec un bébé dans les bras.

Peut-être le peu ou pas de bonheur qu'il avait trouvé avec Gladys Vernon y a-t-il contribué ou peut-être le fait qu'elle ne lui ait pas donné d'enfants, ce qui l'a fait désirer encore plus Marie.

Qu'aurais-je eu ? Garçon ou fille?

Quoi qu'il en soit, il avait hâte de voir le fruit de son amour pour la Française et même pour elle.

Maintenant que Gladys était décédée, elle pouvait expier sa faute si elle ne s'était pas mariée, mais comme cela était impossible à cause du mariage de Marie, elle désirait ardemment au moins voir son fils.

C'était tout près de la ville, où l'animation augmentait.

Au-delà de lui venaient quelques plans isolés. Ayers regarda l'horloge. Il était sept heures du matin et la deuxième phase de l'offensive devait commencer une heure plus tard.

Un grondement sinistre descendit du ciel au-dessus de sa tête.

Le colonel s'arrêta, fixant son regard sur les oiseaux métalliques qui venaient du Nord, porteurs de son message de bombes.

Ils étaient innombrables et ils avançaient majestueusement, protégés par les combattants.

« Ils ont été ponctuels », se dit-il.

La présence de l'aviation alliée couvrant le ciel, lui fit accélérer son pas vers Tessy.

Le bruit des avions vient de réveiller les soldats.

Ils traversèrent la ville vers leurs objectifs au-delà de la Vire, et la traversèrent, d'innombrables fleurs grises s'ouvrirent autour d'eux en pétales d'éclats d'obus, montrant que les Allemands se défendaient toujours bec et ongles.

Peu de temps après l'ordre d'attaque a été donné dans la ville.

Le lieutenant Roy de Ruse tente en vain de convaincre Ayers de le laisser traverser la rivière en tête de sa section.

Il n'y avait aucun moyen d'y parvenir et il resta à Tessy, tandis que les chars formaient des positions au bord de la Vire.

A huit heures du matin, l'écrasement des positions allemandes sur l'autre rive commença. Des centaines de canons de tous calibres crachaient alors sur les positions construites à la va-vite par les Allemands.

Sous son couvert, une section de chars amphibies pénétra dans le fleuve.

Elle mesurait une centaine de mètres de large et son courant était rare, formant en de nombreux endroits, près des berges, des marigots dans lesquels s'accumulaient algues et limons.

Alors que les chars et véhicules amphibies chargés d'hommes franchissent la Vire, l'artillerie éloigne ses tirs sur le rivage et c'est le moment utilisé par les Allemands pour tenter de repousser l'attaque.

Soudain, une véritable pluie de grenades à main et de mortier s'abat sur les eaux calmes de la rivière.

Les chars du 6e Régiment, stationnés en ligne sur l'autre rive, commencèrent à tirer leurs canons contre tout point de mouvement qu'ils apercevaient et, grâce à cela, les véhicules purent atteindre la rive opposée.

Aussitôt les fantassins en descendirent et positionnèrent leurs armes automatiques.

Le feu allemand était désormais dirigé contre eux, mais de nouveaux véhicules, sur toute la longueur du fleuve, dans un front de quatre kilomètres, débarquaient sans cesse de l'autre côté des hommes et du matériel qui, peu à peu, creusaient l'écart vers les flancs. .

Le génie construisit un pont à barges sur lequel les chars étaient risqués, mais à peine une douzaine d'entre eux avaient atteint la rive opposée lorsque la 116e Panzer Division fit son apparition sur les lieux.

Les Yankees auraient dû sauter la tête la première dans l'eau s'il n'y avait pas eu l'aviation.

Les combattants rapides sont arrivés comme des essaims de guêpes, évoluant à une vitesse incroyable pour s'aligner avec les chars et se sont jetés sur eux, tirant leurs redoutables roquettes.

De nombreuses voitures ont été détruites. D'autres ont eu un moment d'hésitation et, les autres, ont continué à avancer vers le fleuve, protégeant l'infanterie.

Des canons antichars, des « bazookas », des grenades à main et des mortiers sont entrés en action pour se défendre contre cette avalanche, en même temps qu'Ayers ordonnait à ses hommes de se développer le plus rapidement possible.

Le combat devint général.

Les Yankees étaient incapables d'avancer d'un pas, réduits à une étroite bande de terre par la farouche résistance allemande.

Mais ils semblaient attachés à la terre, sans en donner un iota non plus, attendant l'issue de la bataille de chars qui se déroulait juste au-delà de la rivière.

Lentement, les Américains acquéraient une supériorité numérique sur l'ennemi, grâce aux voitures qui traversaient continuellement la Vire par les ponts construits sur elle.

Cependant, les "Tigres" de la division Panzer se défendaient bien et donnaient aux troupes d'Ayers un travail comme ils n'en avaient jamais eu auparavant.

Soudain, les Allemands commencèrent à battre en retraite vers le sud, à grande vitesse, en suivant la ligne du fleuve.

De la tour de son char lourd Ayers a suivi son mouvement avec les jumeaux de terrain

"Je ne sais pas ce qui se passe", a-t-il déclaré à son assistant. Le fait est qu'ils abandonnent le combat.

Il expliqua bientôt. C'était la radio qui s'en chargeait.

Les troupes du Combat Command A, opérant en aval de la Vire, entre Le Mesnil Herman et Le Mesnil Opac, avaient rencontré moins de résistance lors de la traversée de la rivière.

Ils avançaient maintenant le long de sa rive droite, effectuant un mouvement enveloppant pour encercler les troupes allemandes fixées au sol par le régiment de chars et les troupes d'accompagnement.

Ayers entrevit aussitôt le succès qu'il pourrait obtenir s'il parvenait à exploiter la retraite allemande.

« Persécution ! ordonna-t-il brièvement.

Le régiment a fait un demi-cercle et tous les chars restés intacts se sont précipités chez eux derrière les soldats allemands, qui se battaient en plein désarroi.

Quarante chars de la 116e Panzer tentèrent de mettre de l'ordre dans la retraite, mais furent écrasés par le nombre supérieur de chars alliés.

Les Allemands, ayant perdu l'espoir de pouvoir recevoir l'aide de l'aviation, à cause de la domination absolue du ciel, qu'exerçaient les alliés, ils se retirèrent rapidement vers l'Est, à la recherche de nouvelles positions.

Toute la deuxième division blindée se précipita à leur poursuite, laissant le défrichement du terrain aux soins de l'infanterie.

De nombreux groupes d'Allemands, lorsqu'ils étaient touchés, se réfugiaient derrière des murs et des haies, organisant de petits groupes de résistance qui donnaient beaucoup à faire aux chars.

L'ordre d'Ayers était d'avancer rapidement, dépassant même les unités allemandes en retraite, et il le fit en prenant comme axes de marche les routes menant à Falaise et à Argentan.

L'espace ouvert était large d'environ deux milles, et des voitures y ont été projetées dans une inondation incontrôlable.

Les maisons d'une petite ville étaient visibles au loin.

Ayers arrêta son char au bord de la route, et les chariots restants, poussés par leur colonel, commencèrent à défiler.

Ensuite, il a ordonné au conducteur de se diriger vers l'autre axe de circulation par une route secondaire.

Quatre autres chars l'accompagnaient.

Pas le moindre signe de vie n'était perceptible en lui. Apparemment, les Allemands se sont rendus à l'évidence qu'ils ne pouvaient rien faire contre cette masse d'acier.

Un petit bosquet de peupliers s'élevait à côté de la route, et un étroit ruisseau coulait entre eux.

Les cinq chars marchaient à bonne vitesse, balayant les champs dans toutes les directions.

Soudain, un projectile s'écrasa sur l'un d'eux.

Le monstre s'arrêta net, mortellement blessé, aussitôt une langue de feu jaillit du moteur.

Ses occupants se sont jetés hors de lui, mais tous n'ont pas réussi à sauter au sol avant que les grenades d'artillerie à l'intérieur n'explosent.

Ils ne s'étaient toujours pas remis de leur surprise, lorsqu'un nouveau barrage retentit à travers les peupliers et une seconde plus tard, il vit un autre char coupé par le tir.

Il ne faisait aucun doute que l'antichar était piloté par un artilleur qualifié.

Les trois chars restants étaient dispersés.

L'équipage des deux détruits a tenté de se réfugier derrière eux, mais deux mitrailleuses ont craqué dans l'avenue, les touchant et les empêchant d'obtenir leur objet.

Ayers fronça les sourcils. Le centre commercial semblait trop grand et épais pour risquer d'attaquer.

En revanche, les antichars étaient bien cachés, alors qu'ils présentaient trois cibles fantastiques.

Cette fois, malgré leur puissance, les blindés ne pouvaient pas faire grand-chose contre l'ennemi caché derrière le bosquet.

Ayers grinça des dents de colère et ordonna de revenir.

Ils l'ont fait, coup de canon après coup de canon contre l'avenue, sans se rendre compte que le danger n'était pas seulement là, en raison de la mauvaise visibilité dont on jouissait de l'intérieur des véhicules.

Du coup, un troisième char est touché, mais cette fois sur le côté et non par des coups de feu tirés de l'avenue, mais par un groupe de militaires, équipés d'un « bazooka », occupant un entonnoir produit par une bombe aviation.

Le char d'Ayers se précipita vers eux, tirant avec son canon et ses mitrailleuses. Le serviteur du bazooka tomba au sol, blessé à la poitrine, mais un autre prit sa place, envoyant trois projectiles sur le colosse d'acier.

Ayers sentit soudain une sorte de marteau frapper le blindage et le char s'immobilisa.

Son assistant ouvrit la porte de l'étroite cabine du conducteur, vérifiant qu'il était bien mort.

L'armure s'était effondrée sous l'impact, écrasant la poitrine du malheureux soldat et les principales pièces du moteur.

"Nous sommes lucides," marmonna Ayers.

Leurs chars défilaient devant eux sur deux routes, mais la distance était grande et cela, couplé au rugissement des moteurs, les empêchait de réaliser ce qui se passait.

Un deuxième impact a percuté l'armure, y creusant un trou.

« Dehors ! ordonna Ayers.

"Ils vont nous tirer dessus", a répondu son assistant.

« Ici, nous sommes bien chassés.

Il fut le premier à sauter du char, essayant de se protéger avec la tourelle.

Un barrage de projectiles le poursuivit alors qu'il bondissait vers le côté nord du char.

L'autre char est venu à son secours, se protégeant du "bazooka" avec la voiture en panne et, grâce à cela, quatre serviteurs du véhicule ont pu rencontrer Ayers.

"Reculez ! J'ai commandé celui-ci.

Le char a commencé à le faire lentement, protégeant les quatre hommes.

Les Allemands n'étaient pas déterminés à laisser la proie s'échapper et ont sauté de l'entonnoir, s'écrasant au sol.

D'autres soldats ont quitté l'avenue et se sont avancés vers les chars, laissant suffisamment d'espace entre eux pour permettre au canon antichar de continuer à tirer.

La distance était trop grande pour qu'il ait une chance de les toucher, mais les projectiles explosèrent des deux côtés du char en retraite, mettant en danger la vie des hommes qu'il protégeait.

« Fuyez ! s'exclama Ayers.

Les occupants du véhicule ne lui ont pas obéi cette fois.

Le passage des hommes leur imposait une marche lente et dangereuse, mais ils restaient fermes au sol, protégeant leur chef et les hommes qui l'accompagnaient.

Plusieurs Allemands tombèrent au sol pour ne pas se relever, touchés par les deux mitrailleuses du char, mais les autres réussirent à se dégonfler, l'encerclant.

Un nuage de bombes à main est tombé sur l'appareil.

Une demi-douzaine d'entre eux ont explosé sous lui, brisant la chaîne et endommageant le moteur.

Ses occupants tentent toujours en vain de se défendre.

Ayers, pistolet au poing, se prépare à repousser l'attaque allemande, vendant chèrement sa vie.

Une grenade qui a explosé tout près de lui, déplaçant vertigineusement l'air immédiat, l'a projeté en arrière.

Sa tête heurta le blindage du char et il se sentit sombrer dans un abîme sans fond.

Tous ses efforts pour se tenir debout étaient inutiles.

Ses genoux fléchirent et il tomba à plat sur le sol.

La dernière vision qu'il a eue de la mêlée, ce sont les soldats à son commandement qui sont restés vivants, jetant leurs armes et levant les bras au ciel.

Une mitrailleuse éclata et les balles s'écrasèrent violemment contre l'acier, transperçant les corps de ceux qui avaient demandé grâce sans l'obtenir.

V

Quand il revint à lui, il faisait déjà nuit et ses yeux mettaient longtemps à s'habituer à l'obscurité.

Enfin, il se rendit compte qu'il était allongé sur le sol, au milieu d'un groupe d'arbres dont les branches l'empêchaient de voir le clair de lune.

Quelqu'un se déplaçait autour de lui et Ayers entendit quelques mots prononcés à voix basse.

En vain, il essaya de se souvenir de ce qui s'était passé.

Son cerveau refusait de lui obéir, peut-être à cause du terrible mal de tête qu'il ressentait, et il se tortillait sans relâche.

Le soldat qui se tenait immobile à côté de lui, allongé sur le sol, observant ses mouvements dit :

« Mon lieutenant. Le prisonnier s'est réveillé.

Ayers se raidit à ces mots prononcés en allemand.

Il connaissait bien cette langue et il lui semblait qu'il avait entendu sa condamnation à mort.

Puis, comme dans une projection de film, tout ce qui s'est passé a traversé sa mémoire en une seconde éphémère.

Un homme s'approcha de lui, accroupi à côté de lui. Ayers a eu du mal à apercevoir son visage, mais n'a pas pu.

« Parlez-vous allemand ? Il a demandé.

"Oui" répondit l'Américain.

« Vous êtes notre prisonnier. Comment vas-tu?

« Assez bien. Qu'est-il arrivé à mes hommes ?

"Ils sont tous morts", a répondu l'officier de façon concise. Nous pensions que vous étiez mort aussi, mais vous avez eu la chance d'échapper à celui-ci.

Chance! Ayers pensa qu'il aurait mieux valu qu'il meure avec ses soldats, mais ne dit rien.

L'officier reprit la parole :

« Vous êtes colonel, n'est-ce pas ?

57

Ayers répondit par l'affirmative, pensant qu'il serait inutile de le nier.

"Je vous souhaite un petit renseignement" ajouta l'officier allemand.

Il parlait à voix basse et sa voix était cultivée et polie. Il semblait à l'Américain qu'il vivait quelque chose d'irréel. Lentement, il se leva, s'asseyant par terre.

"Ne l'attendez pas de moi", a-t-il répondu.

« Écoutez » a poursuivi son interlocuteur. Je ne vais pas vous demander l'importance des troupes au combat ou le nom des divisions qui nous attaquent. Tu diras tout ça ailleurs, si on s'en sort bien d'ici, ce dont je doute. Je veux juste savoir quelles sont vos voies de progression. Nous sommes cent hommes bien armés. J'ai envoyé quelques patrouilles vers le sud et elles reviendront bientôt. Ensuite, nous allons y aller, mais je veux savoir quel est l'écart.

"Environ deux milles," répondit Ayers.

"Merci" répondit l'Allemand. Le colonel Ayers " a poursuivi, et l'américain s'est rendu compte qu'ils l'avaient fouillé ", je ne cache pas que nous sommes dans une mauvaise passe, mais nous allons essayer de rejoindre nos lignes. Je ne sais même pas où vous êtes, mais je sais que vous n'avez pas encore pris la peine de creuser l'écart. Je suppose que marcher vers le sud ...

"Vous n'avez aucune chance de vous échapper," l'interrompit Ayers. Ils feraient mieux d'abandonner.

« Pire pour vous si je ne peux pas, » répondit l'officier d'un air sombre. Quant à abandonner, c'est la dernière chose que j'ai l'intention de faire.

Ayers a pesé la situation. Une centaine d'Allemands se cachaient dans cette avenue que leurs chars avaient laissée derrière eux et allaient essayer de rejoindre leurs compagnons en marchant vers le sud.

L'idée n'était pas mauvaise et indiquait que l'officier allemand avait de l'intelligence, puisque le Commandement allié s'inquiétait du moment d'avancer vers l'Est, puis de tourner ses unités vers la mer pour capturer l'ennemi.

A ce moment, l'arrivée de plusieurs militaires le tira de ses pensées.

L'un des nouveaux arrivants a informé l'officier que la route vers le sud était libre. L'officier se pencha de nouveau sur son prisonnier.

« Colonel Ayers », a-t-il dit, « Je ne vous lierai pas les mains si vous me donnez un mot pour ne pas essayer de nous échapper. Nous allons y aller dans quelques minutes.

« Je ne peux pas te le donner. Je vous préviens fidèlement que je m'efforcerai de fuir dès que l'occasion se présentera.

« Cela me forcera à être dur avec vous.

Les soldats se préparaient pour la marche.

Le canon antichar, qui leur avait si bien servi, est resté dans les arbres. Au lieu de cela, ils ont chargé le reste de l'équipement, y compris le bazooka.

Ayers sentit quelqu'un lui attacher fermement une corde au poignet droit.

« Attachez-le à votre ceinture » ordonna l'officier. Avez-vous été bien fouillé ?

— Oui, mon lieutenant. Il n'a pas d'armes tranchantes sur lui.

Ayers ne pouvait pas voir le visage de l'homme auquel il était attaché, mais il entrevoyait les contours de son corps et il semblait être un individu grand et trapu.

"En mouvement" ordonna l'officier.

Les soldats ont quitté le bosquet de peupliers comme une procession de figures fantomatiques, avançant vers le sud.

Une douzaine d'entre eux ont ouvert la voie, déplacés en ligne à travers les champs plongés dans l'obscurité, leurs fusils prêts à être utilisés.

L'ordre était d'éviter autant que possible tout bruit qui pourrait dénoncer leur présence.

L'officier allemand devait parfaitement connaître l'art de faire la guerre dans l'obscurité.

Il avait divisé la colonne en groupes avançant par étapes.

Le premier, composé d'une douzaine d'éclaireurs, arriverait à quelque distance du second, où il s'arrêterait et observerait les environs.

Ce n'est qu'alors qu'un maillon avertit le deuxième groupe, afin qu'il puisse continuer son avance et prendre la place laissée par le précédent.

De cette façon, la marche était lente, mais sûre, et ils ne risquaient pas d'être submergés en masse.

Ayers a demandé une fois à l'Allemand à sa ceinture quelle heure il était.

« Deux heures du matin », répondit l'Allemand. Le colonel pensa avec nostalgie à Tessy et au lieutenant Roy, qui seraient en ville pour se reposer.

Puis il essaya d'imaginer l'émoi que sa disparition inattendue provoquerait parmi ses hommes.

A deux ou trois reprises, l'Allemand vérifia les nœuds de la corde sans prononcer un seul mot, et une heure plus tard il fit face à l'Américain.

"Je pense que le danger est passé", a-t-il déclaré. Nous avons parcouru quelques kilomètres et nous étions au centre de l'écart.

Mais, au cas où, ils continuèrent d'avancer par bonds, de la même manière qu'auparavant, donnant à Ayers l'occasion de contrôler de près la discipline des soldats allemands.

Pas un seul d'entre eux n'a pensé à déserter, même en sachant qu'ils étaient vaincus.

Il leur aurait été facile de se détacher de la colonne, profitant de l'obscurité qui les entourait et restant sur le terrain, tranquillement allongés sur l'herbe, pour attendre l'arrivée du lendemain où ils seraient capturés par les alliés. troupes.

Finalement, l'officier, considérant que le danger était passé, décida qu'ils devaient avancer en colonne et ils le firent encore pendant une heure, au bout de laquelle il ordonna :

« Élevé ! Nous camperons ici jusqu'au jour.

Ayers comprit pourquoi.

Le militaire allemand ne voulait pas que ses propres camarades les prennent pour une patrouille alliée et les fusillent.

Ils se couchèrent tous sur le sol, fatigués, mais convaincus d'avoir échappé au danger.

Certains d'entre eux étaient sûrement furieux de fumer une cigarette, mais aucun ne l'a fait.

Dès que la lumière de l'aube commença à apparaître à l'Est, l'officier se leva.

Le terrain devant eux était lisse comme le dos de la main.

Au loin, quelques colonnes de fumée s'élevaient qui marquaient l'emplacement d'une ville, et le lieutenant a ordonné à une patrouille de s'approcher de lui pour enquêter dans quelles mains il était.

La patrouille ne tarda pas à revenir, mais pas seule, mais accompagnée de nombreux soldats allemands, appartenant à des unités qui n'avaient pas encore engagé le combat et dont la mission était d'empêcher l'écart de se creuser vers le sud.

Peu de temps après, tous ensemble, ils ont commencé la marche vers la ville. Ayers était en tête, entre deux officiers causant avec animation.

« C'est quelle ville ? Il a demandé à celui qui l'avait attrapé.

"Dumont-sur-Vire" répondit l'autre.

Le cœur d'Ayers bondit à son son. La rivière Vire tournait à l'est, au sud de Tessy, mais s'il pouvait s'échapper, il lui suffirait de suivre la berge pour arriver à ce point.

Il était ironique que ses compagnons soient à plusieurs kilomètres à l'est, en pleine liberté, alors que lui, un prisonnier, avait été laissé derrière.

Tout s'expliquait parce que les alliés ne se souciaient que de creuser des coins profonds dans le dispositif de défense allemand, de sorte qu'ils dominaient le terrain en profondeur, mais pas en largeur.

Ils pouvaient se permettre de le faire parce que les Allemands n'avaient pas assez de troupes pour contre-attaquer les coins de flanc et laissaient les forces qui avançaient empochées.

D'une certaine manière, ils ont été victimes de la même tactique qu'ils ont utilisée contre les Russes.

Une demi-heure plus tard, ils entrèrent dans la ville.

Les environs de Dumont fourmillaient de soldats, de chars et d'artillerie, parfaitement camouflés pour éviter les attaques de l'aviation alliée.

"Je ne peux pas comprendre comment ils n'attaquent pas le coin de flanc", s'est dit Ayers. Ils doivent être désorientés.

De nombreux compatriotes erraient dans les rues de Dumont, fixant les Allemands avec peu d'amitié.

L'espoir brillait dans leurs yeux qu'ils partiraient bientôt mais ils n'osaient pas l'exprimer.

Tandis que le cortège, avec Ayers en tête entre les deux officiers, se frayait un chemin dans les rues de la ville, la population civile tournait la tête, se demandant qui était cet officier tombé aux mains des Allemands.

La nouvelle se répandit de bouche en bouche plus vite que la colonne, de sorte que, lorsqu'elle atteignit la Plaza del Ayuntamiento, dans le bâtiment de laquelle était installé la "Komandatur", une grande foule s'y pressa, fixant avidement l'Américain.

Ayers roula des yeux autour de lui sereinement.

Sa haute stature dominait la plupart des personnes présentes. Plus d'une femme lui souriait timidement, comme si elle voulait l'encourager.

La place de Dumont-sur-Vire ressemblait à celle des innombrables villages français qu'il connaissait.

Elle possédait au milieu l'incontournable fontaine du bassin en pierre, l'Hôtel de Ville d'un côté, l'église de l'autre et les deux autres côtés constitués de maisons aux balcons de bois, continus, dans le plus pur style normand.

Le regard d'Ayers s'attarda sur l'un d'eux.

Une femme était là, le fixant, comme si elle refusait de croire ce qu'elle voyait.

Une femme au visage flétri, mais dont les yeux proclamaient la beauté qu'elle avait dû posséder dans un autre temps.

Le cœur de l'Américain bondit brusquement.

De nombreuses années s'étaient écoulées, mais soit il se trompait beaucoup, soit cette femme était Marie.

Il était sur le point de lui crier dessus ou de lui faire signe, mais à ce moment précis, la femme a disparu du balcon et il s'est retrouvé dans le couloir de l'hôtel de ville, le cœur rongé par le doute.

« Serait-ce Marie ? " s'est-il demandé ". M'a-t-il reconnu ?

Le destin avait ces caprices cruels.

Il s'était attendu à la trouver en plein triomphe.

Et voilà, comme s'il s'agissait d'une punition pour son abandon vingt ans auparavant, lorsqu'il la revit, il était un prisonnier triste et solitaire qui ne pouvait pas lui parler, exactement comme s'il était à l'autre bout du monde.

***

De derrière la vitre du balcon, Marie fixa la silhouette d'Ayers jusqu'à ce qu'elle se perde dans le couloir.

Puis elle se laissa tomber sur le lit, assise sur le bord, le regard fixé sur un point du mur qui n'était même pas visible.

« C'est lui, mon Dieu ! « Il a murmuré. Est-il!

Le hasard a de nouveau réuni les deux dans une petite ville française après une si longue séparation.

Le visage de Marie gardait des traits d'une beauté indéniable malgré son âge.

Elle était vêtue de robes noires sévères, qui la faisaient paraître plus âgée qu'elle ne l'était, et ses cheveux, blancs aux tempes, proclamaient les souffrances qu'elle avait endurées.

L'assaut de la vie avait trempé ses esprits, et elle commença à se demander si la présence d'Ayers à Dumont-sur-Vire allait changer le cours de sa vie.

"Non" murmura-t-il énergiquement. Je ne te permettrai même pas de voir ma fille.

"Votre fille est aussi la sienne" répondit une voix intérieure.

« Il ne sait même pas qu'il existe » entendit-il à nouveau sa conscience. Demain je partirai d'ici jusqu'à... Jusqu'à quoi, mon Dieu ?

Pendant quelques minutes, la femme se battit violemment avec elle-même.

D'un côté combattait la haine d'Ayers, de l'homme qui l'avait abandonnée ; de l'autre, la pensée qu'il était le père de sa fille et l'état déplorable dans lequel il se trouvait.

Peut-être que je peux faire quelque chose pour lui, se dit-il, mais pourquoi le ferais-je ? A-t-il eu de la compassion pour moi quand il m'a laissé avec la fille... ?

En fin de compte, son bon cœur et ses instincts de femme ont gagné la bataille.

— Je t'aiderai autant que je pourrai, dit-il, mais il ne verra pas Ivette.

Mais il doutait aussi de pouvoir conserver cette dernière position s'il parvenait à voir Ayers et Ayers lui demanda de lui laisser voir la fille.

Elle l'avait tellement aimé que, malgré son mariage, une petite flamme dédiée à cet homme avait toujours été allumée dans un coin de son cœur.

Au souvenir de ces années heureuses, un léger sourire apparut sur les lèvres de la femme, adoucissant ses traits.

Après tout, il m'a laissé Ivette, se dit-il. Que me serais-il arrivé sans elle ?

La fille avait été la consolation de sa vie.

Ivette avait grandi joyeuse et contente, ignorant tout.

Pour elle, son père était Louis Beltrand, décédé cinq ans plus tôt, alors qu'elle avait dix-sept ans, et non un Américain du nom de Bruce Ayers, dont elle n'avait même jamais entendu parler.

— Il ne doit rien savoir, marmonna Marie. Si je peux vous voir, je vous avertirai de ne rien vous dire.

Elle avait une certaine prépondérance dans la ville, à cause de la fortune héritée de son mari.

Les voisins de Bumont l'appelaient la veuve, et n'étaient certainement pas très satisfaits de l'amitié avec laquelle elle semblait accueillir les Allemands.

Il y avait quatre officiers de haut rang qui habitaient chez lui.

Marie les a traités avec justesse, mais à partir de là ce n'est pas arrivé. Cependant, ses compatriotes ont murmuré.

Peut-être qu'ils voulaient qu'il mette du poison dans leur nourriture.

« Peut-être que grâce à sa médiation, je peux le voir et l'aider », se dit-il.

À ce moment-là, on frappa discrètement à la porte, et la voix d'Ivette résonna hors de la pièce, faisant se retourner Marie.

"Maman...

Entre, ma fille.

Ivette Ayers entra dans la pièce.

C'était sa mère de vingt ans sa cadette. Grande, mince, ses cheveux blonds encadrant un ovale légèrement allongé ; les yeux bleus, le nez retroussé...

Marie la regarda ravie. Pour elle, sa fille était la seule chose qui comptait et existait au monde.

Elle seule connaissait la vérité sur sa naissance.

Que dirait votre fille si elle savait que son père n'était pas Louis Beltrand, mais un colonel américain qui était actuellement prisonnier des Allemands, si proche et si loin d'eux à la fois ?

" Est-ce que quelque chose ne va pas, maman ? " demanda Ivette d'une voix chantante. " Je t'attendais pour le petit déjeuner. Tu sais qu'on doit y aller...

"Nous n'allons nulle part, ma fille", répondit Marie.

"Pourquoi?

« La guerre est trop proche. Les Américains ont pris Tessy hier.

Ivette s'assit à côté de lui sur le lit.

"Maman. Les Allemands ont amené un prisonnier. Ils disent que c'est un colonel américain.

Le cœur de Marie bondit à ce bruit.

« Vous... l'avez-vous vu ? "Je demande.

"Oui" répondit la fille. Il est grand et très beau... Il aura environ quarante-huit ans. Il avait l'air très malheureux.

— C'est naturel, ma fille. Après tout, il est prisonnier.

« Que vont-ils lui faire ?

"Probablement rien. Seulement dans le cas où ils semblent perdus et font de la résistance ou qu'ils ne peuvent pas l'enlever... de toute façon. Ne pensez pas au pire. Après tout, qu'est-ce que cela nous importe? si cela lui faisait de la peine que sa fille s'intéresse autant à Ayers.

"Rien, vraiment" répondit la fille. Beaucoup pensent que les Américains se battent pour nous, mais je ne le pense pas. Je pense que ce qu'ils font, c'est détruire nos champs et nos villes...

" Ivette ! " s'exclama la femme. " S'il te plaît, ne parle pas comme ça...

« N'est-ce pas vrai ? S'ils n'étaient pas venus en France... Eh bien, supposons que les Allemands seraient jamais partis, laissant nos maisons intactes. Au lieu de cette forme... Oh, maman ! Je déteste la guerre, je déteste l'armée et je hais par dessus tout ces satanés Yankees, ils sont prétentieux...

Marie la regarda bouche bée comme si elle la voyait pour la première fois.

Ivette ne s'était jamais manifestée dans ce sens devant elle, même si peut-être avait-elle raison dans ce qu'elle disait.

L'aviation alliée avait détruit le collège d'Alee, où elle avait fait ses études.

Plusieurs religieuses et écolières ont été tuées dans le bombardement et il n'était pas surprenant que la jeune fille ait pensé de cette façon.

"C'est bon, ma fille. Prenons le petit déjeuner ", dit-il.

VI

Les Alliés continuent d'avancer vers Paris, mais pour le moment leurs unités combattantes tournent vers le nord, pensant que les Allemands, étant ainsi flanqués et éloignés de leurs bases de ravitaillement, se retireront de leurs positions occidentales, sans que personne ne le prévienne. harceler vous-même.

Marie, usant de son influence auprès des militaires allemands qui logeaient chez elle, obtient un entretien avec le chef de secteur, un grand et gros colonel, qu'elle supplie de lui permettre de voir Ayers.

L'Allemand la regarda avec méfiance.

« Est-il apparenté à vous ? » Je demande.

"Non. Simplement connu.

"Depuis quand?

« Depuis l'autre guerre.

Le colonel céda aux prétentions de Marie et accorda l'entrevue.

Ayers était détenu dans une pièce à l'arrière du bâtiment.

Une fenêtre à barreaux surplombait un jardin à côté duquel un soldat allemand montait constamment la garde.

La porte s'ouvrait sur un petit espace quadrangulaire et devant celui-ci il y aurait une pièce pour les dortoirs des soldats de la garde "Komandatur".

Précédée d'un officier, Marie arriva à la porte, à laquelle il ordonna d'ouvrir le soldat qui se trouvait devant elle.

« Entrez, madame », dit-il à Marie dans un français correct. Je reviens te chercher dans dix minutes.

La femme obéit. L'officier fit face au soldat, lui donnant des ordres en allemand, et il entra dans la pièce derrière Marie,

Ayers était assis sur une chaise qui, avec la table et le lit, composait tout le mobilier de la pièce.

Lorsqu'il vit Marie apparaître dans l'embrasure de la porte, il se leva et ils restèrent tous les deux bouche bée, se regardant en silence pendant quelques secondes.

Enfin Ayers marmonna.

"Marie!

Elle secoua la tête, résumant ainsi le reproche qui allait sortir de ses lèvres.

Ayers la regarda à nouveau, inconscient des sentiments qui s'agitaient dans le cœur de son visiteur.

Pourquoi était-elle venue le voir ?

Peut-être pour l'aider ou peut-être lui reprocher son comportement antérieur et prendre plaisir à le connaître ?

« Bruce » commença-t-elle à dire. Je suis désolé que nous nous retrouvions dans cette situation... Je suis venu vous demander si je peux faire quelque chose pour vous.

Le cœur d'Ayers s'élargit quand il l'entendit.

"Asseyez-vous ici" dit-il en lui offrant la chaise.

Pendant que Marie le faisait, le soldat ferma la porte de la chambre en s'appuyant dessus.

Ayers le regarda, se demandant s'il connaissait le français, bien qu'il le savait très probablement, étant donné le temps qu'ils occupaient la France.

« Comment te sens-tu, Bruce ? demanda Marie avec hésitation.

"Vous pouvez imaginer" répondit-il, debout devant la femme. Marie... tu vas penser que je suis une canaille et tu en as parfaitement le droit, mais s'il te plait ne me juge pas trop durement... Je...

"Laissons tomber ça, Bruce. Cela fait longtemps que je m'en souviens. D'une certaine manière, je dois vous être reconnaissant de m'avoir donné une fille.

« Alors, c'était une fille ?

"Oui.

Ayers marchait devant elle. Puis il s'arrêta à nouveau.

« Pourquoi ne l'avez-vous pas apporté ? » je demande.

« C'est pourquoi je suis venu vous voir. Vous ne devez pas voir Ivette.

« Pour quelle raison ? demanda-t-il, perplexe.

Le comprendre. Ivette ne sait pas que tu es son père. On pense qu'elle est la fille d'un honnête paysan français, Louis Beltrand, décédé il y a cinq ans. Le coup serait trop terrible pour elle.

"Pourquoi pensez-vous de cette façon? Bruce a encore demandé.

"C'est très simple. Vous vous serez sûrement marié et aurez des enfants en Amérique. Vous ne pouvez pas la reconnaître. Un jour tu repartiras et nous serons de nouveau seuls en France. Laissez les choses telles qu'elles sont. Tout le monde croit que Louis Beltrand était son père. Si nous diffusons l'histoire...

Marie était libre !

Une détermination s'empara soudain de l'esprit d'Ayers.

« Il peut souffrir de la réputation d'Ivette... et de la vôtre, n'est-ce pas ? "Je demande.

« Le mien ne compte plus ; mais celle d'Ivette, oui.

Ayers sourit légèrement.

« Écoute, Marie, dit-il enfin. Ma vie n'a pas été heureuse du tout. Il semble que le Ciel ait voulu me punir de t'avoir abandonné. J'ai épousé une femme, jalouse et égoïste, qui ne m'a donné aucune descendance. Sa mort, Dieu me pardonne, a été comme une libération pour moi. Cela s'est passé un mois avant que la guerre n'éclate, alors que je me préparais à venir en France, vous imaginez pourquoi ?

Elle se leva.

Ayers regarda son visage, où brillait maintenant un regard qui lui rappelait la Marie qu'il avait connue, et sa poitrine palpitait.

"Je vois que tu comprends", a-t-il poursuivi. Tu n'as pas tort. Je voulais te chercher. Rencontrez-vous et ma fille. Tu étais combien j'avais... combien j'ai "rectifié" dans ce monde. Et maintenant tu me demandes de ne pas voir Ivette. Laisse-moi la voir, Marie. Comment est ?

« Exactement comme si j'avais son âge » murmura la femme, se sentant désarmée.

"Si cela se termine bien pour tout le monde, vous et moi allons nous marier", a répondu Ayers. Ivette n'aura pas à rougir.

— Mais... c'est impossible, balbutia Marie.

"Impossible, pourquoi ? Tu es veuve et moi aussi. Si tu as d'autres enfants, je...

— Il n'y avait pas d'enfants dans mon mariage, l'interrompit Marie.

Mieux que mieux. Nous allons nous marier et vivre en France ou aller en Amérique », a répondu Ayers. Et il a ajouté, en prenant les deux mains de la femme : « Marie, nous ne sommes pas encore vieilles. On peut profiter de la vie et surtout réparer en partie le tort que je t'ai fait. Vous n'allez pas me laisser vous proposer cette réparation ?

La femme retira lentement ses mains, retombant sur la chaise.

"Je ne sais pas" dit-il. Je ne sais pas... Je suis tellement abasourdi ! Je suis venu ici juste au cas où je pourrais t'aider avec quelque chose et te prier de ne rien faire pour voir Ivette, mais... maintenant...

Que dirait Bruce s'il savait qu'Ivette déteste les Américains ?

Elle comprendrait sûrement la réaction de sa fille lorsqu'elle lui expliquerait la raison de cette animosité, mais elle n'en avait pas envie, détruisant ainsi l'illusion d'Ayers.

La réparation tant attendue était arrivée, mais après si longtemps et dans de telles circonstances, il était presque préférable que tout soit resté tel quel.

"Eh bien, qu'est-ce que tu décides ?

« Laissez-moi y réfléchir », a supplié Marie.

« Vous n'avez pas beaucoup de temps pour le faire. La sentinelle m'a dit que je serai bientôt transféré sur un autre site. Les événements vont très vite, Marie. Mes compagnons ne tarderont pas à venir. Maintenant, ils s'intéressent davantage au Nord, mais leur avance obligera les

Allemands à partir et à m'emmener avec eux. J'aimerais avoir une réponse définitive lorsque cela se produira.

Un coup à la porte interrompit la conversation.

Le soldat tourna la clé dans la serrure et l'officier entra qui se tenait devant Ayers, le saluant militairement, tout en inclinant la tête en s'inclinant légèrement devant Marie.

"Je suis désolé" dit-il. Le temps imparti pour l'entretien est écoulé.

Marie se leva en tendant la main à Ayers.

"Au revoir" dit-il. Vous aurez la réponse bientôt.

— Je l'espère, répondit l'Américain en pressant légèrement la main de la femme entre les siennes.

Accompagnée de l'officier, Marie quitta la pièce laissant Bruce Ayers plongé dans une joie qu'il n'avait pas ressentie depuis longtemps.

Malgré sa situation, il était heureux.

Marie l'aimait toujours, il en était sûr, et d'ailleurs il ne pouvait oublier qu'il était le père d'Ivette.

La réponse serait certainement oui.

Il pouvait encore trouver, dans le versant de sa vie, le bonheur placide et serein que Gladys n'a pas su lui procurer.

L'état d'esprit de Marie était en revanche bien différent.

Elle avait cru que ce que son cœur nourrissait envers Ayers était la haine, mais un simple échange de mots avec l'Américain avait suffi pour que sa feinte hostilité s'effondre comme un château de cartes.

Lorsqu'il quitta l'hôtel de ville, après avoir remercié le colonel allemand pour sa déférence, il rentra lentement chez lui.

Quand il y arriva, il avait pris sa décision.

Il répondrait affirmativement à la proposition d'Ayers, plutôt qu'à elle pour Ivette. L'Américain était son vrai père et la fille devrait le savoir.

Il était préférable qu'elle le lui dise elle-même, que de tomber sur quelque mauvaise langue qui lui dirait des choses à volonté.

A cet effet, il entra dans la maison en appelant Ivette, mais la jeune fille n'était pas là et Marie se consacra machinalement à ses tâches, attendant son retour.

Une demi-heure plus tard, un des officiers allemands qui logeaient chez lui entra.

Marie est sortie à sa rencontre.

L'officier était accompagné de deux militaires qui se sont rendus dans les chambres du rez-de-chaussée qui leur étaient destinées.

"Nous venons récupérer notre matériel", a déclaré l'officier. Nous partons.

« Que partent-ils ? demanda Marie, perplexe et anxieuse, en pensant à Bruce. Tout de suite ?

"Nous faisons. Un ordre vient d'arriver. Une seule Compagnie restera ici, je crois, en attendant l'arrivée de quelques troupes en retraite du Sud.

L'officier a également pénétré dans les chambres.

Marie resta immobile dans le couloir de la maison.

Dix minutes plus tard, l'officier et les soldats apparurent, chargés de valises et de paquets, et ils dirent brièvement au revoir à Marie, la remerciant de son hospitalité.

La Française lui répondit par des mots distraits, car ses pensées étaient ailleurs et sur d'autres problèmes.

Enfin il demanda :

« Et le prisonnier ? Le prennent-ils aussi ?

"Nous ne le faisons pas. Je ne sais pas ce qu'ils vont en faire.

L'officier a quitté la maison. Le cerveau de Marie s'emballa aussitôt, façonnant un plan qui venait de lui venir à l'esprit.

Ivette arriva peu après, la trouvant occupée.

Les deux femmes rejoignirent toute la population du village, qui assista silencieusement à la marche des Allemands.

Des milliers de soldats quittaient ce secteur, contraints par l'avancée impétueuse des Américains.

Ils marchaient pour la plupart en camions, traînant les canons à travers les routes et les champs, précédés d'une centaine de chars, en route vers leur patrie, pour se défendre, après deux longues années passées à être les maîtres et seigneurs du sol français. .

Ce matin-là était un jour férié pour le peuple.

Les Français enhardis montraient maintenant leur hostilité envers les Allemands.

Pour le reste de la matinée, Marie a fait quelques affaires, parlant aux soldats allemands, recueillant ici et là des rapports qui pourraient servir ses desseins.

Bruce Ayers était toujours à Dumont-sur-Vire, serrant sa montre.

Apparemment, les soldats restés dans la ville "une centaine" attendaient l'arrivée de deux divisions qui se retiraient de la côte atlantique.

On disait aussi que deux officiers des services secrets allemands étaient sur le point d'arriver à Dumont pour emmener le colonel vers le sud, car les routes vers le nord étaient complètement bloquées.

Bref, la situation était chaotique et confuse, mais une chose était sûre : Bruce était toujours à Dumont et ils allaient l'emmener à tout moment.

Il était donc urgent d'agir. Marie était déterminée à faire tout ce qu'elle pouvait pour lui, y compris essayer sa liberté.

Cependant, il y avait beaucoup de difficultés à aider Bruce.

Les Allemands étaient devenus méfiants et surveillaient de près la ville pour empêcher les fuites de maquis armés.

Il aurait pu demander de l'aide aux hommes de Dumont, mais il était fort peu probable qu'ils le fassent.

Marie n'ignorait pas ce qu'on pensait d'elle dans la ville, pour le seul fait qu'elle avait offert d'héberger quatre officiers dans sa maison, qu'elle traitait avec la même justesse qu'ils montraient.

« Tous ceux à qui je demanderai de m'aider penseront que c'est un bon piège que je leur tends en combinaison avec les Allemands, » marmonna-t-il. Personne ne voudra m'aider à Dumont. Je dois chercher de l'aide ailleurs.

Mais où ?

Il passa plus d'une demi-heure à y réfléchir et décida finalement que c'étaient les soldats américains eux-mêmes qui se rendraient à Dumont à la recherche d'Ayers.

Bien sûr, pour cela, ils devaient savoir qu'il était là, ce qu'ils ne savaient sûrement pas.

"Et aussi qu'ils doivent user d'audace s'ils veulent le sauver", se dit-il. Les Allemands le tueraient sans hésiter dès qu'ils découvriraient qu'il essayait de le libérer.

D'après les dépêches, les militaires les plus proches se trouvaient à Tessy, à douze kilomètres au nord de Dumont.

Qui envoyer comme coursier ?

Il ne pouvait faire confiance à personne en ville.

Il fallait faire les choses avec la plus grande réserve et la personne qui se rendait à Tessy devait réunir les conditions suffisantes pour convaincre les Américains que ce n'était pas un piège.

« Il n'y a qu'une personne qui puisse m'aider, c'est Ivette, se dit-il ; mais voulez-vous ?

La fille devait tout savoir.

Déterminée maintenant, elle appela sa fille, qui monta dans sa chambre, voyant avec surprise comment sa mère verrouillait la porte derrière elle.

Puis, comme s'il craignait que le vent ne porte ses paroles à des oreilles indiscrètes, il ferma aussi le balcon.

Ivette parut intriguée par ces préparatifs et contempla sa mère, lorsqu'elle se tourna vers elle en lui disant :

Asseyez-vous, Ivette. Il faut qu'on parle.

La jeune fille se laissa tomber sur une chaise, regardant toujours Marie, sentant peut-être qu'elle était sur le point d'apprendre quelque chose de désagréable.

Sa mère s'assit en face d'elle et lui demanda :

« Sais-tu où j'étais ce matin ?

"Non," répondit la fille.

« J'ai rendu visite à l'Américain qui est prisonnier à la mairie.

" Ta mère ? " demanda la jeune femme surprise. " Pourquoi as-tu fait ça ?

«Je me sentais désolé pour lui et j'ai pensé qu'il pourrait peut-être vous aider un peu.

"Pourquoi l'avez-vous fait? Ils ne le méritent pas et...

— Écoute, Ivette, répondit patiemment Marie. La guerre est cruelle, mais nul ne peut douter que si les Allemands sont partis, c'est à cause des Alliés.

Ivette était perplexe. C'était la première fois qu'il entendait sa mère parler ainsi.

Chaque fois qu'il l'entendait manifester contre les alliés, il se taisait obstinément ; il n'avait jamais plaidé pour eux avec la chaleur qu'il faisait maintenant.

"D'un autre côté, les Allemands ont aussi fait beaucoup de bestialités", poursuit Marie.

"Je les déteste comme les autres", répondit farouchement la jeune fille.

« Tu ne devrais pas le faire non plus. Il est vrai que les bas instincts des hommes sont déchaînés par la guerre, mais la plupart de nos souffrances viennent de la guerre elle-même et non des hommes qui y combattent. Eh bien, Ivette, le fait est que je veux aider cet homme...

" Que pouvez-vous faire pour lui ? " Demanda la fille intriguée. " On dit qu'ils vont l'enlever.

"C'est ce que je veux empêcher" répondit Marie, et sa fille la regarda comme si elle était folle.

« Arrête ça, toi ? Mais comment vas-tu l'avoir ? Et pourquoi t'es-tu soudainement intéressé à ce prisonnier ?

« Il ne résistera pas à la captivité. Tu peux mourir...

— D'autres sont morts aussi, maman, ajouta Ivette, ne te mêle de rien. Les Allemands sont exaspérés et il pourrait t'arriver quelque chose. D'ailleurs, que t'importe cet homme ?

Marie était sur le point de lui dire qu'elle s'en souciait plus qu'elle ne l'imaginait, mais Ivette continua à parler rapidement :

« Je comprends déjà ce qui t'arrive. Notre position dans le village est délicate maintenant. Vous craignez d'être qualifié de collaborateur et vous essayez de vous séduire avec ce geste, n'est-ce pas ?

Marie sourit.

"Non" répondit-il. C'est une raison plus puissante qui me pousse à faire cela « il regarda la fille dans les yeux et ajouta lentement, comme s'il voulait faire pénétrer l'idée dans le cerveau d'Ivette ». Cet homme... est ton père.

La jeune femme la regarda avec de grands yeux. Puis il cligna des yeux à plusieurs reprises et demanda, ne comprenant toujours pas tout à fait :

« Mon... mon père ? Mais, maman... qu'est-ce que tu dis ? Tu plaisantes ...

"Je n'ai jamais été aussi sérieuse", répondit Marie. Je comprends ton étrangeté, Ivette, mais c'est vrai. Ecoutez et vous comprendrez...

Il raconta rapidement les événements qui s'étaient produits des années auparavant, qui étaient aussi imprimés dans son âme et sa mémoire que s'ils s'étaient produits la veille.

Quand sa mère eut fini de parler, elle s'écria :

"Mon Dieu!

Il n'en a pas dit plus. Son regard se perd dans le vide et Marie respecte son silence, comprenant ce qui se passe dans l'âme de sa fille.

Ivette sentait qu'un monde entier soigneusement construit pendant plus de vingt ans était désormais faux et s'effondrait.

Pendant ce temps elle s'était trompée, croyant que son père était Louis Belrand et voici, soudain, cette terrible nouvelle lui tomba sur la tête...

« Je comprends » murmura-t-il enfin.

Elle comprenait pourquoi elle n'avait pas ressenti la mort de Beltrand avec l'intensité avec laquelle elle croyait que la perte d'un père devait être ressentie.

Elle comprenait aussi pourquoi il n'avait jamais été affectueux avec elle, ni n'avait jamais eu les attentions d'un bon père.

Il y avait beaucoup de choses qu'il découvrait et expliquait le voile qui venait de se dessiner devant ses yeux.

Mais il n'avait toujours pas d'autre affection pour remplacer celle de son faux père et le vide le plus absolu se faisait dans son cœur de jeune.

« Il t'a abandonnée, il t'a laissée seule », s'exclama-t-il soudain férocement. Il est parti... et tu veux toujours l'aider ? Qu'il les compose comme il peut, mère...

Marie secoua la tête.

« La guerre était aussi à blâmer pour cela, ma fille. "Il a répondu tristement." Quand je l'ai revu, j'ai pensé qu'il allait continuer à nourrir ma haine. Maintenant je l'ai vu et je l'aime toujours; Mais même si ce n'était pas le cas, cela l'aiderait quand même. Il est le père de ma fille, et cela suffit.

« Je ne comprends pas... je... je suis confus. Je ne sais pas quoi dire », murmura la jeune femme.

« Ivette, ne te laisse pas emporter par la haine. Réfléchis calmement. Il est en notre pouvoir de réparer ce qui a été fait. Cet homme veut m'épouser.

« Vous a-t-il promis ?

"Oui.

"Il a dû le faire pour que vous l'aidiez" répondit la fille sarcastiquement.

« Non. La vie a été dure pour moi et je sais bien quand ils essaient de me tromper. Ton père est sincère.

La jeune fille hésita en entendant son nom Ayers, un homme qu'elle n'avait vu qu'une seconde.

Une sensation inconnue l'envahit et elle se sentait plus en sécurité et plus protégée contre le monde, malgré le fait que son père était prisonnier et, de plus, elle ne lui faisait pas confiance.

« Il a hâte de vous voir » ajouta Marie. Tu ne veux pas m'aider? Ivette, sinon pour lui, fais-le pour moi, du moins.

"Je ne sais pas, mère", répondit la fille, toujours hésitante. Tu sais comme je les déteste. Ce que vous m'avez dit n'aide certainement pas à le dissiper.

Les mots d'Ivette étaient durs. Mais Marie comprit que sa fille défendait la dernière redoute et dit :

"C'est bon. Réfléchis-y un moment, mais pas trop longtemps. Il est urgent d'agir. Et souviens-toi de ça, Ivette. Je veux ton aide.

La fille a quitté la pièce, mais n'a même pas atteint sa chambre.

Marie sentit soudain ses pas taper rapidement dans le couloir et elle sourit, car elle connaissait très bien sa fille.

La jeune femme vint à ses côtés et se jeta dans ses bras en disant :

« Maman... je vais t'aider.

Les deux femmes fusionnèrent en une étroite étreinte.

"Merci, ma fille", dit Marie, excitée. J'étais sûr de pouvoir compter sur toi.

Ivette glissa hors de ses bras.

Maintenant qu'il avait pris sa décision, il attendait avec impatience l'activité.

« Avez-vous pensé à quelque chose ? » je demande. Et en voyant la réponse de sa mère ». Qu'y a-t-il à faire?

« Il faut aller à Tessy. D'après mes nouvelles, il y a des Américains là-bas. Vous prendrez une lettre de moi que vous devrez remettre à un officier. Ils sauront quoi faire.

Ivette secoua la tête d'un air dubitatif.

« C'est très dangereux, murmura-t-il. Si je rencontre une patrouille allemande...

"Rien ne t'arrivera" assura sa mère. Cela vous donnera toujours le temps de cacher ou de détruire la lettre.

« Comment vais-je aller ?

"A cheval. Jorge vous accompagnera. Dites-lui de préparer deux chevaux pendant que j'écris la lettre.

Il s'assit à table et se mit à écrire, tandis qu'Ivette quittait la pièce, s'envolant vers les corrals à la recherche du domestique.

Une demi-heure plus tard, Ivette chevauchait dans le corral, écoutant les dernières instructions de sa mère.

« Vous devez marcher le long de la rive du fleuve. Les arbres rendront plus difficile pour quelqu'un de te voir, tu comprends, Jorge ?

"" Oui, madame. "

Le domestique était un homme dans la soixantaine ; fort et bien conservé, qui avait passé la moitié de sa vie au service de Marie.

Elle embrassa Ivette lorsque la fille se pencha vers elle.

« Dépêche-toi, ma fille. Essayez de les convaincre que vous devez agir rapidement. Je vous dis déjà dans la lettre ce que j'ai pensé.

Il ouvrit la porte du corral et passa la tête dans le champ désert.

"Allez," dit-il. Personne.

Jorge et Ivette quittèrent le corral, conduisant les chevaux vers la rivière.

Peu après, Marie les perdit de vue en entrant dans les arbres et joignit les mains, levant les yeux vers le ciel, tout en murmurant une prière et une supplication.

VII

Roy de Ruse s'est vite rendu compte que la mission que le colonel Ayers lui avait confiée n'était pas aussi facile qu'il l'avait pensé.

La rupture brutale du front par les troupes nord-américaines avait entraîné la déconnexion d'un grand nombre d'Allemands de leurs unités.

Mais pour cette raison, ils ne pensèrent pas à se rendre.

Au contraire, ils essayaient par tous les moyens de se lier avec leurs compagnons, se retirant la nuit et se cachant le jour.

La plupart formaient de petits groupes d'hommes qui, généralement, se rendaient sans résistance, sachant qu'il était inutile de combattre l'inévitable.

Mais cela n'a pas toujours été le cas.

D'autres fois, ils constituaient de véritables unités de combattants, qui n'hésitaient pas à affronter les troupes de nettoyage américaines, dans leur empressement à se sauver, à être faits prisonniers.

Très tôt le matin, l'officier forme une compagnie sur la place de la ville.

Sa mission était d'explorer les rives de la Vire, à la recherche de soldats allemands cachés.

Les berges de la rivière étaient couvertes de végétation et Roy a choisi de ne transporter aucun des deux chars qu'il possédait.

Les troupes quittèrent la ville et atteignirent bientôt la rivière, explorant les avenues, les vergers, les ronces et tous les endroits qui offraient le moins de chance de cacher un homme.

La force de la chaleur augmentait.

A midi, les soldats transpiraient de tous leurs pores et Roy ordonna une petite pause.

« On peut prendre un bain ? demanda un soldat.

"Bien sûr, mais en trois équipes" répondit l'officier.

Les soldats ont dépouillé leur équipement, sautant à l'eau, tandis que leurs camarades surveillaient les environs.

Lorsque tout le monde eut goûté aux délices du bain, ils dévorèrent le ranch en trio et continuèrent leur marche en aval.

Les cent cinquante hommes avançaient écartés du rivage, couvrant un large front.

Ils ne constituaient pas une ligne régulière et uniforme, mais ondulaient selon les sinuosités du terrain ou selon l'épaisseur des bosquets qu'ils devaient reconnaître.

Roy avançait à peu près au centre de la ligne, pistolet à la main droite.

Les minutes passèrent en paix, lui faisant penser que l'exploration allait être vaine.

Mais une demi-heure plus tard, il avait l'impression que cela n'allait pas être le cas.

Les hommes qui composaient la colonne de tête se tenaient immobiles, attendant son arrivée en silence, couchés par terre ou cachés derrière les arbres.

Roy s'est approché du caporal Evans.

« Que se passe-t-il ? » je demande.

"Regardez devant", répondit le caporal.

Il était allongé derrière des buissons, à travers lesquels Roy pouvait voir un mouvement de près.

"Il me semble qu'il y a deux personnes", a déclaré Evans. Ils ont deux chevaux, bien que je ne sois vraiment sûr de rien.

"Ils peuvent essayer de traverser la rivière", a déclaré le lieutenant. Vas-y.

Sur un signal de sa part, les hommes qui composaient les ailes de la colonne de tête décrivirent en silence un large demi-cercle dont les extrémités s'appuyèrent bientôt contre la rive du fleuve.

Le lieutenant s'avança avec une douzaine d'hommes, resserrant la clôture, et soudain ils sautèrent tous dans la clairière.

« Personne ne bouge ! L'officier a explosé.

Il est allé ajouter qu'ils jetaient les armes au sol, mais ne l'ont pas fait.

Au lieu de cela, il fronça les sourcils et tourna son visage vers le caporal.

Il y avait deux personnes avant lui, mais ce n'étaient pas des soldats allemands, ni la moindre trace de guerre en eux.

L'un était un paysan trapu aux cheveux blancs, souriant, exhibant ses fortes dents blanches.

Il était accompagné d'un garçon... Eh bien, cela lui sembla d'abord, jusqu'à ce qu'Ivette lève ses grands yeux vers lui et se lève lentement.

Ce visage, ces longs cils et, surtout, ce buste qui l'étouffait, n'étaient pas typiques d'un garçon, mais d'une femme.

Et pas n'importe quelle femme, mais...

Le sifflement d'admiration d'un des soldats exprima suffisamment son idée.

Pendant quelques secondes, tous deux se regardèrent, sans écarter les lèvres.

La clairière était remplie de soldats qui regardaient la fille comme s'ils n'avaient jamais vu de femme.

Roy rompit le silence pour demander.

"Que fais-tu ici?

Son français n'était pas très bon, mais Ivette le comprenait.

"Allons chez Tessy" répondit-il avec un sourire. Quelle peur ils nous ont fait ! Nous pensions qu'ils étaient allemands.

« Vous êtes de Tessy ?

— Non. Nous venons de Dumont.

« Ne sais-tu pas qu'il est dangereux de se promener ici maintenant ? Ils ont dû rester en ville.

"Nous devons rejoindre Tessy" répondit Ivette. J'ai une lettre pour un officier des forces américaines.

Roy était surpris.

« Une lettre ? « Je demande ». À qui? Alors ça ?

Êtes-vous un officier? demanda Ivette.

"Oui. Que veux-tu ? Tu n'as pas besoin d'aller en ville.

"Mieux" répondit la fille. Ce que je veux communiquer, c'est que le colonel Ayers, qui commandait un régiment de chars, est prisonnier à Dumont.

Une grenade de gros calibre qui avait soudainement explosé dans la clairière, assommant la moitié de ses hommes, n'aurait pas fait plus grande impression sur Roy.

" Diable ! " Explosé. " Ça me dit ?

Il ne pouvait pas y croire et regarda à nouveau la fille comme si elle était une sorte de créature inconnue.

Son apparence et son langage n'étaient pas ceux d'une paysanne ignorante, comme le prétendaient ses vêtements, mais celui d'une femme cultivée et instruite.

« Comment le sais-tu ? demanda-t-il avec des yeux méfiants.

« Ma mère a pu lui parler et elle m'a envoyé pour te le dire.

— Et moi qui l'ai cru à Paris, murmura l'officier. Sais-tu comment ils t'ont attrapé ?

« Je l'ignore. Je sais seulement qu'il est à Dumont et qu'ils vont le prendre à l'arrière ce soir ou demain matin. S'ils veulent faire quelque chose pour le secourir, ils devront se dépêcher.

Roy souriait comme quelqu'un au bout de la rue.

« Il semble que vous soyez très intéressé par notre départ, dit-il. Pourquoi?

« Je lui ai déjà dit qu'ils allaient l'emmener », répondit Ivette avec impatience, devinant peut-être à quoi pensait le jeune officier.

"Ce que tu veux, c'est que nous allions dans la gueule du loup," explosa Roy. "Ray ! Dans ma vie j'ai entendu une plus grande bêtise que cette histoire que le colonel...

« Vous êtes intelligent, » répondit la jeune fille d'un ton cinglant. Pour ma part, vous pouvez essayer de l'aider ou non. Je vous dis juste que les Allemands ont évacué la ville, y laissant une centaine de soldats. Serait-ce qu'il a peur ? demanda-t-il sarcastiquement.

"Hey" Roy allait dire beaucoup de choses, mais se rattrapa à temps et renifla. « Avez-vous vu le colonel ?

"Juste un instant", répondit la fille. Voulez-vous que je vous dise comment c'est ?

"Exactement.

Ivette lui donna une description précise d'Ayers et Roy se frotta la mâchoire, ne sachant pas quoi faire.

« Et tu dis que ta mère t'a envoyé ? » je demande.

« Oui. Lisez cette lettre.

Roy le prit des mains d'Ivette, le dépliant devant ses yeux.

Les soldats attendaient sa décision. Ils le virent ouvrir les yeux avec stupéfaction, puis prêter serment.

Marie lui a donné des instructions sur la façon dont elle croyait qu'ils devaient agir pour libérer le colonel.

"Eh bien. Tout est parfaitement planifié, n'est-ce pas, ma chérie ? demanda-t-il avec ironie.

"D'après ce que je vois, vous soupçonnez toujours que c'est un piège" répondit-elle.

— Je ne sais que vous dire, répondit l'officier. Tel qu'on le dit ?

"Ivette.

« Ivette quoi d'autre ?

"Eh bien, la vérité est que je ne sais pas", répondit la fille en souriant.

« Que ne sais-tu pas ? Je ne comprends pas.

"C'est très facile. Jusqu'à aujourd'hui, je pensais que je m'appelais Ivette Beltrand, mais il semble que depuis ce matin mon vrai nom de famille soit... Ayers.

Ivette sourit de la perplexité qui envahit Roy à ces mots.

Il n'a rien compris et les soldats encore moins.

" Qu'est-ce que tu veux dire ? " A explosé. " Excusez-moi ", murmura-t-il.

"Eh bien," répondit Ivette. Il paraît que je suis la fille du colonel. Je ne savais pas jusqu'à ce matin. Minutieux! ça va tomber !

Roy pinça les lèvres. Il attrapa la fille par le poignet et la secoua fort.

« Si tu penses que je suis un idiot... » cracha Roy.

" Oh non ! " répondit-elle. " Rien de tout cela. Je comprends que la chose soit trop forte pour être digérée d'un seul coup. Je ne me suis pas encore habituée à l'idée que cet homme est mon père, même si je le savais pendant quelques heures. Bien sûr, des choses comme ça peuvent être attendues d'un Yankee.

"Les Yankees sont comme les autres hommes", a déclaré Roy. Pourquoi n'est-il pas expliqué tout de suite ?

Ivette l'a fait en quelques mots et Roy a cru en eux.

Le ton de la jeune fille était sincère, mais, de plus, cela pouvait expliquer l'aspect distrait du colonel pendant quelques jours.

"D'accord," décida-t-il. Nous irons à sa recherche, mais je vais lui donner un avertissement. Vous viendrez avec nous et...

« Et il me surveillera de près jusqu'à ce qu'il soit sûr que ce n'est pas une embuscade. Accepter. Je ne peux pas vous blâmer pour votre méfiance.

Roy a été impressionné par la sécurité de la fille et aussi par sa beauté.

Il a aidé Ivette à monter à cheval, mais n'a pas permis à Jorge de faire de même et la Compagnie est retournée à Tessy.

Roy jetait un coup d'œil à Ivette de temps en temps, observant comment la légère brise de l'après-midi jouait avec les cheveux de la fille.

Une fois, elle se retourna, le surprenant à son examen.

« Vous cherchez à savoir si j'ai une quelconque ressemblance avec le colonel ? » je demande.

"Non, ma chérie", répondit le lieutenant. Je pense simplement que tu es très jolie.

« Wow, au moins tu sais comment complimenter. Je commençais déjà à douter...

« La guerre nous rend durs et prudents » répondit le lieutenant. Les Allemands sont très intelligents et nous devons être très prudents.

— Raconte-moi quelque chose sur le colonel... sur mon père, corrigea Ivette.

Roy réalisa qu'il voulait s'adapter à la nouvelle situation et parla d'Ayers de telle manière qu'Ivette ne put s'empêcher de dire :

« Vous parlez de lui d'une manière qui semble être aussi votre père.

Ils rirent tous les deux. Alors Roy dit :

En ce moment, je ne regretterais rien au monde plus que tu étais ma sœur.

« Tu ne trouves pas que je suis plutôt bon ?

" Contrairement. Vous méritez un autre hommage ", répondit Roy.

« Tu te rends compte que tu me fais l'amour ? « Demandé à la fille. » Et compte tenu de l'historique que j'ai sur le comportement des Américains, cela ne me semble pas très...

— C'était dans l'autre guerre, interrompit Roy. « Malgré tout, le colonel est un gentleman.

Dans la soirée, ils atteignirent le village et Roy se prépara immédiatement à se rendre à Dumont, se rendant compte qu'il devait agir rapidement.

Avant de décider du nombre de soldats à amener, il hésita quelques instants, et décida finalement de suivre les conseils de la jeune fille.

"Avec une vingtaine d'hommes déterminés ça suffira" dit la jeune fille.

Ils se sont tous portés volontaires pour l'accompagner, et Roy a dû choisir entre eux.

Une demi-heure plus tard, alors que l'après-midi commençait à manquer de lumière, Roy quittait Tessy accompagné d'une vingtaine d'hommes déterminés à donner leur vie pour le colonel s'il le fallait.

Dix minutes après le départ du camion avec le lieutenant et les soldats, les deux chars à leur disposition sont également partis pour Dumont.

L'ordre que portaient ses serviteurs était d'attendre au bord du fleuve, à un demi-kilomètre de la ville, ou d'intervenir s'ils estimaient que leur aide était nécessaire.

Le camion roulait à une vitesse compatible avec le mauvais état de la route et l'arrivée de la nuit les surprit à quatre milles de Dumont.

« Gardez les lumières éteintes », a déclaré Roy au conducteur.

Ivette s'assit à côté d'elle, sans prononcer un seul mot, mais lorsque quelques minutes plus tard la silhouette de Dumont-sur-Vire se découpa sur le ciel sans lune, la jeune fille dit :

« Je pense que nous ferions mieux de continuer à pied.

"D'accord, ma chérie" répondit le lieutenant. Vous nous guiderez.

« Est-il nécessaire que vous continuiez à m'appeler un charme ? » demanda Ivette en descendant du camion, aidée par Roy.

"Ne vous embêtez pas" dit-il. Tu es mon charme depuis que je t'ai vu, mais cela ne veut pas dire que je suis aussi ton charme.

Ivette renifla qui fut repris par le rire du conducteur.

"A bas, les gars," dit Roy. On continue à pied.

Les soldats descendirent du camion dont le chauffeur manœuvra pour le cacher parmi les ronces.

La petite troupe continua son chemin en silence.

Ivette et Jorge marchaient en tête, surveillés par Roy et quatre soldats, qui ne les quittaient pas des yeux.

Ils atteignirent ainsi les murs du corral de la maison de Marie, après avoir traversé les champs en silence, comme un cortège de fantômes.

Jorge poussa le portail à deux mains. Lorsqu'il s'ouvrit, l'attention de Roy fut attirée à l'extrême, mais rien ne se passa.

Jorge et Ivette entrèrent les premiers dans le corral, suivis des soldats.

Les contours de deux chars étaient aperçus dans l'obscurité, d'où leur parvenait une voix de femme.

« Ivette, c'est toi ?

"Oui, maman", répondit la fille.

La silhouette de Marie se détachait de l'obscurité tandis qu'elle avançait vers eux.

« J'étais impatient, murmura-t-il. Viens par là.

La porte de la maison s'ouvrit, révélant une image de lumière déclinante, à travers laquelle les Yankees se glissèrent, suivant Ivette et sa mère.

Par un couloir, ils arrivèrent finalement à une grande pièce, où Marie se tourna vers Roy.

« Ma fille a-t-elle expliqué la situation ? Il a demandé.

« Oui madame. J'ai hâte d'entendre votre plan pour sauver le colonel.

Autour d'eux, les visages des soldats exprimaient l'inquiétude.

De la rue vint un bruit de pas qui s'approchait. Marie se tut, mettant un doigt sur sa bouche.

"C'est une patrouille allemande," dit-il doucement.

Par la fenêtre fermée, le bruit s'amplifiait. Ensuite, il a diminué jusqu'à ce qu'il soit finalement perdu.

« Le colonel est-il toujours là ? demanda Roy.

— Oui. Deux officiers sont arrivés pour l'emmener, mais ils ne le feront que demain, par peur du maquis.

Roy fixa le visage de la femme à qui il parlait.

Malgré son âge, malgré la vie de douleur qui proclamait ses yeux, il était toujours beau et lisse.

Il ne faisait aucun doute qu'Ivette était sa fille. Elle devait être comme ça aussi quand Ayers l'a rencontrée.

« Où l'avez-vous ? » je demande.

« A la mairie.

« Connaissez-vous l'endroit ?

" Oui. J'ai réfléchi au moyen de le libérer avec le moins de risques possible " dit Marie. Il faut faire vite et tranquillement. Combien d'hommes a-t-il amené ?

"Vingt.

« Ils suffiront, mais Ivette, Jorge et moi pouvons aider si nécessaire.

Son visage exprimait la résolution. Il se dirigea vers la table et Roy aussi, ses yeux posés sur le plan grossier dessiné par Marie.

Marie a formulé son plan rapidement et clairement.

Roy l'écouta attentivement, faisant quelques objections, mais il ne leur fallut pas longtemps pour qu'ils soient d'accord.

"Allez" dit Roy. Les yeux grands ouverts, les garçons.

Les soldats américains ont commencé à se déplacer furtivement.

Trois d'entre eux, munis de grenades à main et de mitrailleuses, ont été placés sur le balcon de la maison qui donnait sur la place, devant la porte de la mairie.

Ivette et Jorge sont restés avec eux. Les autres, avec Marie en tête, quittèrent la maison par la porte du corral.

VIII

L'arrière de l'hôtel de ville donnait sur un jardin sans grille ni clôture d'aucune sorte.

Pendant la journée, les enfants l'encourageaient avec leurs jeux, mais maintenant il était silencieux et solitaire.

Un soldat allemand faisait les cent pas sous l'une des fenêtres fermées de pierre et de boue et protégées par une grille de barreaux de fer.

— Voilà le colonel, dit Marie.

La sentinelle était la seule personne qu'ils pouvaient voir.

La petite lumière qui brillait sur le mur protégé par un abat-jour en métal, éclairait leurs allées et venues.

"La porte est toujours ouverte" dit Marie. Seule cette sentinelle se tient entre le colonel et nous.

"Nous ne tarderons pas à le mettre à l'écart", a assuré Roy.

Protégé par le mur, il avançait lentement, tenant le pistolet dans sa main droite.

Le soldat allemand se retourna et Roy s'appuya contre le mur, attendant qu'il se retourne.

Lorsque l'Américain l'a fait, il a rapidement sauvé la distance qui le séparait de la sentinelle.

Le bruit de ses lourdes bottes heurtant les dalles força la sentinelle à tourner la tête.

Dans la pénombre de l'ampoule, Roy remarqua l'expression de surprise sur son visage, mais il n'eut pas le temps de réagir et tomba sur lui, le frappant au visage avec la crosse du pistolet.

Le soldat a essayé d'éviter le coup, mais cela n'a servi à rien.

La crosse du pistolet tomba une seconde fois dans sa bouche, noyant le cri d'alarme qui sortait de ses lèvres.

La sentinelle hésita. Roy l'a frappé une troisième fois, maintenant sur la mâchoire, et lorsque les jambes de la sentinelle se sont déformées, il l'a soutenu pour que le casque et les armes ne fassent pas de bruit lorsqu'ils touchent le sol.

Alors qu'il le déposait sur les dalles de la place, ses hommes se précipitèrent vers la porte de l'immeuble.

Comme Marie l'avait dit, elle était ouverte, et dix hommes s'élancèrent dans le couloir qui la descendait.

Quatre autres traînèrent le corps de la sentinelle dans le bâtiment et montèrent la garde près de la porte.

Trois soldats ont été laissés par le lieutenant dans un coin du couloir et Roy s'est précipité avec les autres vers la porte que Marie montrait. Un soldat allemand somnolait à côté d'elle, assis sur un banc.

Entendant le bruit de pas dans le couloir, il se réveilla, haletant quand Roy apparut devant lui.

Ils ne pouvaient qu'agir vite, même s'ils faisaient plus de bruit que le diable lui-même.

Le soldat tenait le fusil contre son visage lorsque Roy a tiré.

Le bruit résonna dans la salle comme le tonnerre et l'Allemand s'appuya contre le mur, glissant au sol.

D'une pièce dont la porte s'ouvrait devant l'autre, un bruit métallique s'est fait entendre, qui a réveillé l'alarme de l'officier.

" Attention ! " s'exclama-t-il. " Le corps de garde !

Le caporal Evans comprit ses paroles et bondit devant lui, la mitrailleuse posée sur sa hanche.

Il était à quatre pas de la porte lorsqu'un soldat allemand apparut dans le trou, les yeux voilés de sommeil.

Evans appuya sur la détente sans hésitation.

Les quatre explosions sonnaient comme une seule. Les projectiles ont touché le corps de l'Allemand, qui est tombé face contre terre dans le couloir.

Evans lui sauta dessus et planta les deux pieds au sol, appuyant furieusement sur la gâchette.

Une pluie de projectiles s'abattit sur le corps de garde. Un soldat allemand accroupi dans un coin, a pris Evans comme cible.

L'explosion de son fusil a été confondue avec le tonnerre de la mitraillette d'Evans, qui est tombée en avant dans la pièce.

Le soldat derrière lui mitraillait l'Allemand avant qu'il n'ait eu le temps de tirer à nouveau.

« Allez ! Vite ! Ils vont s'en prendre à nous.

Dans sa prison, Ayers, qui dormait paisiblement, s'est soudainement réveillé en état de choc au son d'un coup de feu dans le couloir, suivi de plusieurs autres.

Puis il y eut un silence et une voix bien connue lui parvint :

« Colonel Ayers ! Si vous êtes là, éloignez-vous de la porte.

Ayers comprit pourquoi et se tint à côté d'elle, appuyé contre le mur.

Une autre mitraillette chanta dans le couloir et la serrure se brisa, laissant la place à Roy et ses hommes, qui ne le saluèrent même pas avec enthousiasme :

« Allez, mon colonel. Vite !

Ayers sortit dans le hall, jetant un coup d'œil à Marie, qui était juste assise avec la mitrailleuse d'Evans dans les mains.

"Merci" dit-il seulement.

Ne sachant pas comment il a trouvé une arme dans sa main, en même temps qu'il était poussé dans le couloir.

Les soldats le suivirent en masse, leurs armes prêtes, et à ce moment de nouveaux coups de feu retentirent de la place.

Ce sont les hommes qui gardaient la porte extérieure de l'immeuble depuis le balcon.

Ils avaient probablement vu s'approcher une patrouille allemande lorsqu'ils avaient entendu les coups de feu qui troublaient la paix de la ville et ils n'avaient pas hésité à tirer sur elle.

La patrouille était composée d'une douzaine de soldats. Quelques-uns d'entre eux sont tombés abattus par les coups de feu, mais les autres se sont tournés vers la maison, repoussant l'attaque.

L'alarme a été donnée.

Alors qu'ils couraient dans le couloir, les coups de feu ont été tirés à l'extérieur sans cesse.

La patrouille avait été grossie de nouveaux soldats, et au milieu du tonnerre des détonations, un ordre énergique se dégageait.

Personne ne savait avec certitude ce qui se passait.

Une pluie de balles s'abat sur la maison de Marie, tandis que d'autres soldats allemands se précipitent pour l'assiéger.

Peut-être pensaient-ils que certains maquis y étaient devenus forts.

À ce moment-là, le groupe, désormais dirigé par Roy, a quitté la mairie au fond de celle-ci, courant à travers les rues vers la périphérie de la ville.

Ils venaient de tourner un coin quand le coup de sifflet aigu retentit derrière eux.

"Arrêter!

L'ordre a été donné en allemand, par un officier arrivant devant plusieurs hommes.

Les deux soldats américains à l'arrière se sont détournés du coin, laissant leurs armes leur cracher leur charge mortelle.

Sans s'arrêter pour vérifier les résultats, ils ont rejoint le groupe.

Roy souhaita de toute son âme que les soldats restés chez Marie l'aient déjà laissée avec Ivette et Jorge, mais lorsqu'ils arrivèrent près de la porte du corral, il constata qu'ils ne l'avaient pas fait.

Une demi-douzaine de soldats allemands accoururent du côté opposé, prêts à prendre d'assaut la maison à travers le corral.

La lumière était très pauvre.

C'est peut-être pour cette raison qu'ils ont confondu le groupe d'Américains avec leurs propres compagnons et qu'il y a eu un moment d'hésitation en eux, qui a été utilisé par Roy.

« Au feu ! », crie.

Une volée tonnait l'atmosphère.

Certains soldats allemands sont tombés au sol dans des postures tordues et d'autres ont commencé à battre en retraite.

Meyers a sorti une bombe, la lançant sur eux, et l'appareil a explosé avec un rugissement horrible, ajoutant à la confusion et au bruit.

"Allez," rugit Roy. Nous devons nous dépêcher.

Il fallait profiter de la confusion des Allemands et s'enfuir avant qu'ils ne se reconstruisent en prenant l'initiative.

Mais que faisaient les gens dans la maison qui ne sont pas sortis ?

Etaient-ils morts ?

Non. Cela ne pouvait pas être parce qu'ils entendaient les coups de feu avec lesquels ils répondaient à ceux des Allemands depuis le balcon.

« Fayer ! hurla Roy. Reculez ! Bientôt !

Marie se précipita vers le portail en criant pour sa fille.

Les efforts de Roy pour l'arrêter ont été vains, et lorsque la femme a disparu de sa vue, il s'est tourné vers ses hommes.

"Trois avec moi" marmonna-t-il. Le reste d'entre vous, retournez vers les chars.

"J'y vais aussi", a déclaré Ayers.

Le colonel ne connaissait pas les détails du plan, ni la maison, mais il était déterminé à l'accompagner.

Roy et Ayers avec trois soldats sont entrés dans le corral, tandis que les autres se sont retirés vers le point où les chars attendaient.

Par la porte de la maison, Fayer et Daniels avec Ivette sortirent vers le corral.

« Et Jorge ? demanda Marie.

« Ils l'ont tué », s'exclama Ivette.

La jeune fille courut vers sa mère, mais Roy ne leur laissa pas perdre une seule seconde en épanchements sentimentaux.

« Allez, » marmonna-t-il. Nous ne pouvons pas rester ici.

Ivette le dévisagea presque avec haine, mais se laissa pousser vers la grille.

Toute la scène se déroulait au milieu de la pénombre causée par l'ampoule qui illuminait le corral, accrochée à côté de la porte.

"Allez. Ne vous divertissez pas", tonna la voix de Meyers de l'extérieur.

Il franchissait le portail, lorsque les soldats allemands entrèrent dans le corral par la porte de la maison.

"Attention ! cria Ayers.

Il leur a tiré dessus avec son pistolet.

Le premier soldat allemand tombe, touché par ses projectiles.

Les autres se sont cachés derrière les fenêtres, ouvrant le feu depuis leurs positions de fortune.

Meyers tomba au sol, criblé de balles de la première volée.

Les autres réussirent à quitter le corral, mais le danger n'était pas encore écarté.

Une vingtaine de soldats allemands accoururent, collés aux murs du corral.

« Derrière ! rugit le lieutenant.

Protégés par le mur, les soldats yankees et les deux femmes se sont glissés du côté opposé, mais les Allemands avaient déjà remarqué leur présence et leurs armes ont craché des tirs sur le groupe.

La distance et l'obscurité, empêchèrent les projectiles de provoquer un véritable carnage parmi les fugitifs.

Roy et le reste du groupe ont sauté dans une rue latérale derrière eux, se rapprochant toujours de leurs ennemis, tirant de courtes rafales d'une mitrailleuse.

"Nous devons quitter la ville," marmonna Roy. Sinon on est perdu. Pouvez-vous nous guider vers les réservoirs ? Il a demandé à Ivette.

"Oui. Suis-moi

Les Allemands les traquaient comme des loups, malgré la résistance des quatre hommes qui gardaient l'arrière.

Aux fenêtres des maisons qui donnaient sur la rue, des lumières brillaient, mais personne ne les regardait.

Ainsi, les fugitifs se retrouvent au centre d'une rue étroite, flanquée de hauts murs dont l'extrémité opposée s'ouvre sur le champ.

Encore quelques secondes et ils seraient hors de la ville, courant vers les chars.

Mais la chance les avait abandonnés.

Roy a vérifié cela, avec un juron, lorsqu'il a vu un groupe d'Allemands apparaître au bout de la rue, leur tirer dessus, tuant deux de leurs soldats.

Il y avait déjà six victimes.

Mais ce n'était pas le pire, mais la rue était bloquée aux deux extrémités.

« Sur Terre ! rugit le colonel.

Son ordre a été accueilli par une double volée, qui est venue des deux côtés de la rue.

Les projectiles sifflèrent devant eux, ricochant sur les murs, mais ils étaient clairement perdus.

Les Allemands les avaient piégés dans cette ruelle, comme une souris dans une cage.

"Rendez-vous ! cria une voix en français.

Ayers a pris la situation en main.

"J'ai tiré de ce côté avec quatre hommes", a-t-il déclaré à Roy. Les autres, avec moi.

Tant qu'il faisait nuit, les Allemands auraient plus de mal à les réduire.

Ils pouvaient arroser la ruelle d'obus et de bombes à main, mais sans savoir avec certitude où ils dirigeaient leurs tirs et risquaient de se blesser.

Il fallait résister, résister autant qu'ils pouvaient car le temps jouait en leur faveur.

Allongés au sol, accrochés aux murs comme des patelles, les soldats serraient leurs armes prêts à repousser toute attaque.

Ayers rampa jusqu'à Marie.

"Je suis désolé que tu sois entré là-dedans à cause de moi" dit-il.

"Ne sois pas désolé," répondit-elle. Je devais le faire, Bruce. C'était mon devoir. Si nous échouons, tant pis.

« C'est Ivette qui m'inquiète », dit-il.

Les Allemands ont fait de nouveaux téléchargements. Ils tiraient avec leurs armes pointées vers le sol, et les projectiles s'enfonçaient dans le sol à une courte distance de leurs corps ou heurtaient les murs, leur arrachant des morceaux de plâtre.

— On ne pourra pas sortir d'ici, gémit Ivette.

Roy tendit une main, touchant la joue de la fille, trempée de larmes.

A ce moment, son arrogance perdue, elle n'était plus qu'une pauvre femme pleine de terreur devant la mort.

« Ne désespérez pas » essaya-t-il de l'encourager. " N'oubliez pas que les chars sont proches. Peut-être viendront-ils à notre secours.

Il a tiré avec la mitraillette sur diverses ombres qui s'approchaient prudemment, plaquées contre les murs.

Ceux-ci se sont arrêtés. Un cri étranglé parvint aux oreilles des fugitifs et une autre salve les frappa en réponse à leurs tirs.

A côté d'Ayers, Marie s'étira soudainement, libérant un gémissement de douleur.

" Marie ! " murmura le colonel. " Que se passe-t-il ? As-tu été blessé ?

"Oui" répondit-elle. Dans l'utérus...

Ayers serra les mâchoires de colère.

Marie était là, à ses côtés, mortellement blessée, quand si peu de pas les séparaient de la liberté.

"Nous nous rendrons", a-t-il dit. Lieutenant, criez nous nous rendons. Marie est blessée.

" Non. Non, " bafouilla la femme. " Ça jamais. Ils nous abattront sur place. Ils ont eu trop de victimes ce soir pour que nous puissions les considérer. Ils nous abattront tous. N'abandonnez pas, lieutenant.

Ivette rampa jusqu'à sa mère, la serrant dans ses bras.

"Ça ne pouvait pas être juste," murmura-t-il. C'était sûr qu'il ne pouvait pas...

Des pleurs interrompirent ses lamentations.

Roy serra les dents avec colère. Peut-être que Marie saignait à mort dans l'obscurité de la ruelle sans pouvoir rien faire pour elle...

J'écoute.

Un son lointain, juste un son continu qui venait d'au-delà de l'embouchure de la rue, lui fit ouvrir les yeux, essayant de percer l'obscurité.

D'autres soldats l'avaient entendu aussi.

« Tuez-moi si ce n'est pas un tank », a marmonné l'un d'eux.

Le bruit continuait à se faire, de plus en plus différent à chaque fois. Oui. Il n'y avait plus aucun doute. Ses compagnons sont venus à son secours.

Un soldat excité s'est exclamé :

« Les chars ! Nous sommes sauvés !

Il était possible qu'il en soit ainsi, mais il ne le verrait jamais.

Fou de joie, il s'est levé de terre et ses paroles ont attiré une grêle de balles vers sa silhouette.

Ses paroles moururent dans un sinistre gargouillement et il tomba sur ses compagnons, saignant d'une demi-douzaine de blessures.

Dans l'obscurité qui les entourait, la faible lumière venant du bout de la rue fut soudainement interceptée par une masse énorme.

Les Allemands cessèrent de tirer, se retournant pour faire face au danger qui les menaçait par derrière.

Les mitrailleuses du char ont commencé à crépiter et plusieurs d'entre elles ont mordu la poussière.

« Courage ! hurla Roy. Ils sont déjà là !

Les Allemands à l'autre bout de la rue leur tiraient toujours dessus, désespérés.

Les serviteurs du char alignèrent le canon à cet effet, tirant deux projectiles, qui sifflèrent au-dessus de la tête des assiégés, qui commencèrent à reculer vers lui en rampant sur le sol.

Des grenades ont explosé de l'autre côté de la rue, fendant le rose pourpre en pleine nuit.

Roy s'approcha de Marie.

Elle a dû être grièvement blessée, mais elle a quand même résisté à être emportée.

"Laisse-moi" murmura-t-il. Soyez en sécurité ... en sécurité ...

"Nous ne vous laisserons pas ici," marmonna Ayers.

Roy la prit dans ses bras, courant vers le tank.

Il était près de lui lorsque d'autres coups de feu ont été entendus.

Le lieutenant ressentit une douleur atroce lui brûlant la poitrine.

Incapable de l'éviter, il s'effondre face contre terre sur Marie.

Le second char joignit ses tirs au premier.

Ayers et ses hommes ont réussi à tirer les deux blessés hors de portée des tirs allemands.

Aidés de leurs serviteurs, les corps de Roy et Marie sont hissés dans l'un des réservoirs.

« Derrière ! ordonna le colonel.

Protégé par les chars, le groupe a quitté la ruelle, avançant vers l'endroit où ils avaient laissé le camion.

"À plein régime", a déclaré Ayers.

Les puissants moteurs des chars augmentaient le rythme de leurs pulsations.

Les soldats grimpèrent jusqu'à eux, en même temps que des grenades explosaient derrière les monstres d'acier.

Un groupe de soldats allemands leur a couru après, refusant de perdre leur proie.

Les Américains ont tiré leurs armes sur le peloton, stoppant leur avance et les véhicules perdus vers Tessy.

À environ un kilomètre de la ville, des soldats ont sauté d'eux en courant vers le point où le camion attendait, tandis que les deux chars s'éloignaient dans l'obscurité.

Dumont était à la traîne, bien éveillé.

Il contenait les corps de six soldats américains, mais l'un des meilleurs techniciens de chars Yankee avait été sauvé.

Trois milles plus loin, le camion les rejoint et les blessés y sont transportés.

Allongé sur le plancher du véhicule, Roy a repris connaissance du hochet.

Il se sentait très faible et sa tête lui tournait, mais cela ne l'empêchait pas de percevoir la chaleur chaude d'une main de femme, serrant fortement l'une des siennes.

La voix d'Ivette lui chuchota à l'oreille :

"Merci.

J'étais empreint d'émotion et de tendresse.

Roy serra aussi sa main, et les lèvres de la fille se posèrent sur son front, le frôlant légèrement, comme le battement d'un papillon.

« Et ta mère ? » je demande.

Il n'entendit même pas la réponse d'Ivette, car l'évanouissement le replongea dans l'inconscience dès qu'il posa la question.

***

Il lui a fallu vingt jours pour se mettre hors de danger.

Vingt jours à combattre la mort, d'abord à Tessy puis à Caen, où il est évacué.

Ivette lui rendait souvent visite, partageant son attention entre lui et sa mère.

Marie s'est rétablie bien avant Roy, car ses blessures étaient plus mineures.

Quant au colonel Ayers, il poursuit sa marche triomphale devant ses hommes vers les Ardennes, où va bientôt se livrer la dernière grande bataille de la lutte.

Un jour Roy vit Ivette entrer dans sa chambre,

Le visage de la fille rayonnait de satisfaction et de joie. Il s'assit au bord du lit et demanda :

"Comment vas-tu aujourd'hui?

"Très bien. J'ai hâte de sortir bronzer", a répondu l'officier.

«Je pense que vous pouvez le faire aujourd'hui. Le médecin me l'a dit. Je l'ai trouvé dans le hall.

« Est-ce pour cela que tu es si heureux ? demanda Roy.

Il était très maigre. Son visage était pâle et tiré, mais ses yeux brillaient du même vieux sourire.

— Pour ça et pour d'autres, répondit Ivette.

« Eh bien. Peuvent-ils être connus ou non ?

« Bien sûr, Roy. Ici, lisez que " Ivette a dit, en lui tendant l'enveloppe qu'elle portait." Ils me l'ont donné au bureau.

"Vous semblez avoir parcouru tout l'hôpital avant de venir me voir", a déclaré Roy.

Il ouvrit l'enveloppe, en sortit une feuille de papier, qu'il scruta de ses yeux brillants de joie.

"C'est super" dit-il avec enthousiasme. Savoir ce que c'est ?

"Je suppose" répondit Ivette en souriant.

« Je ne sais pas si je le mérite. Moi...

"Bien sûr que vous le méritez, Capitaine De Ruse" s'exclama la jeune fille. Tout le monde a eu son prix, a ajouté Roy avec enthousiasme. Même les morts.

L'officier continuait d'être, se souvenant de ses hommes. Ivette a dit :

« J'aimerai le voir quand tu recevras cette médaille, Roy.

Il a mis le papier dans l'enveloppe.

« Savez-vous quelque chose sur votre père ? » je demande.

« Oui. Il dit qu'il espère que vous vous rétablirez bientôt pour que vous rejoigniez le régiment. Il envisage de vous nommer son assistant.

Roy grogna,

"C'est ce que j'aime le moins" dit-il "Devoir se séparer de toi...

La fille lui prit les mains.

« Roy » murmura-t-il. " Peu importe. L'important est d'arriver au bout, après avoir remporté la victoire.

Il acquiesca.

« Que penses-tu de ton père ? » ai-je demandé.

« C'est un vrai gentleman. Quand je l'ai vu épouser ma mère, croyant qu'elle était mourante, j'ai compris que je ne pouvais pas cesser de l'aimer.

"Eh bien. Je suppose que quelque chose va rester dans votre cœur pour un pauvre diable qui vient d'être promu capitaine" plaisanta Roy.

« Tu veux dire toi ?

"Qui d'autre?

Ivette approcha son visage de celui de Roy.

Elle baissa légèrement la tête et l'embrassa sur les lèvres.

"C'est la dernière que tu auras avant notre mariage" dit gaiement la jeune fille. Des châtiés naissent les avertis.

Roy reposa sa tête sur l'oreiller.

Les oiseaux gazouillaient dans le jardin et son âme était remplie de bonheur.

Ivette pressa son visage contre le sien et murmura :

« Roy... tu m'appelais ma chérie.

Le lieutenant passa un bras autour de ses épaules.

"Je n'ai pas oublié, ma chérie" murmura-t-il.

FIN